仿生人会梦见电子羊吗？

Philip K. Dick

Do Androids Dream of Electric Sheep?

[美国] 菲利普·迪克——著　许东华——译

译林出版社

图书在版编目（CIP）数据

仿生人会梦见电子羊吗？／（美）菲利普·迪克（Philip K. Dick）著；许东华译．—南京：译林出版社，2017.10（2024.1重印）
(译林幻系列)
书名原文：Do Androids Dream of Electric Sheep?
ISBN 978-7-5447-5642-6

Ⅰ.①仿…　Ⅱ.①菲…②许…　Ⅲ.①长篇小说－美国－现代
Ⅳ.①I712.45

中国版本图书馆 CIP 数据核字（2017）第 092285 号

著作权合同登记号　图字：10-2017-414 号

仿生人会梦见电子羊吗？　［美国］菲利普·迪克／著　许东华／译

责任编辑　吴莹莹
装帧设计　broussaille私制
责任印制　颜　亮

原文出版　Gollancz, 2007
出版发行　译林出版社
地　　址　南京市湖南路 1 号 A 楼
邮　　箱　yilin@yilin.com
网　　址　www.yilin.com
市场热线　025-86633278
排　　版　南京展望文化发展有限公司
印　　刷　徐州绪权印刷有限公司
开　　本　880 毫米 ×1230 毫米　1/32
印　　张　8.625
插　　页　4
版　　次　2017 年 10 月第 1 版
印　　次　2024 年 1 月第 27 次印刷
书　　号　ISBN 978-7-5447-5642-6
定　　价　49.00 元

献给马伦·奥古斯塔·伯格鲁德

（1923年8月10日—1967年6月14日）

而我仍梦到他踏着草地，
在露水中飘飘荡荡行走，
让我的欢歌轻易刺透。

——叶芝

奥克兰

探险家库克船长一七七七年赠送给汤加国王的一只乌龟昨日去世，享年近两百岁。

这只乌龟名叫图·伊玛丽拉，是在汤加首都努库阿洛法的王宫里去世的。

汤加百姓把这只乌龟敬为酋长，指定了专人来照料它。数年前的一场丛林火灾已经让它双目失明。

汤加电台说，图·伊玛丽拉的遗体将送往新西兰的奥克兰博物馆。

路透社，一九六六年

一

床边的情绪调节器传来一道轻快的电流，把里克·德卡德闹醒了。他吓了一跳——毫无预兆地突然发现自己回到现实世界，他总是会被吓一跳。他穿着多彩睡衣从床上爬起来，伸了个懒腰。这时，他妻子伊兰在自己床上睁开灰色的眼睛，眼中满是不快。她眨了下眼，呻吟了一声，又闭上了眼。

“你的情绪调节器设定得太弱了。”他对她说，“我重设一下，你醒来就会——”

“别碰我的设定。”她的口气苦涩尖锐，“我**不想**醒。”

他坐到她身边，弯下腰，温柔地解释：“只要把电流调得够高，你醒来就会开开心心的。那本来就是情绪调节器的用途啊。调到C挡，它就能克服自我意识之外的一切阻碍。我就是这样设定的。”他亲切地拍了拍她裸露在外的光滑肩头，感觉好极了——为了应付外面的世界，他给自己调到了D挡。

“把你个警察的糙手拿开。”伊兰说。

“我不是警察——”他急躁起来，虽说他没有调到急躁的情绪。

“你比警察还烂，”他妻子说，双目仍然紧闭，“你是警察雇用的杀手。”

“我这辈子从没杀过一个人。”他的怒气升级，这时已经变成了完全的敌意。

伊兰说：“只杀过那些可怜的仿生人。”

“可是我发现，我把猎头赏金领回家后，你心血来潮时买什么犹豫过？”他站起身来，大踏步走到情绪调节器的终端前。“也不省点钱，好让我们买只真正的绵羊，换掉楼上那只电子羊。我一个人奋斗了这么多年，挣来的这点钱也就供得起一只电子宠物而已。”他在终端前犹豫了一会，是该调出丘脑抑制剂（来把怒气消掉），还是丘脑兴奋剂（来吵赢这场架）呢？

“你要是敢调得更毒辣，”伊兰睁开眼看着他，“那我也调上去。我会调到最高值，让你看看这场架能吵到多凶，把我们以往吵过的任何架都比下去。你调试试。放马过来吧。”她迅速起身，一跃来到她自己的情绪调节器终端前，站在那儿瞪着他，跃跃欲试。

他叹了口气，被她的威胁打败了。“我就调成今天的工作日程需要的情绪吧。”他仔细检查一九九二年一月三日的日程，发现今天需要的是公务敬业态度。“假如我按日程来调情绪，”他小心地问，“你也会照办吗？”他等着她的回答，在她表态前并不急于敲定自己的情绪。

“我今天的日程上有六小时的自责抑郁。”伊兰说。

“什么？你怎么在日程上放这个？”这种做法彻底违背了情绪调节器的宗旨。“我甚至都不知道还可以调成那种状态。”他郁闷地说。

“有天下午我坐在这里，”伊兰说，“照例在看《老友巴斯特和他的好友们》。他刚说到有个重大突发新闻要宣布，那个可恶的广告就突然插了进来，你知道，就是我最讨厌的那个什么骑士铅护裆的广告。所以有那么一会，我把电视声音关掉了。然后，我听到楼里，就在这座楼里，我听到——”她做了个手势。

“无数空荡荡的房间。”里克续道。有时夜半无眠时，他也会听到。不过这年头，公寓楼的入住率要能达到一半，就算人口密度很高的地方了。在战前称作市郊的地方，有很多楼整栋都是空的……至少他是这么听说的。这一点他并没有去验证。像大多数人一样，他并不想去亲身体验这种事情。

“在那一刻，”伊兰说，“在我关掉电视声音以后，我正处在382号情绪。我是刚拨到那个号的。因此，虽然我理智上听到了那份空虚，实际上并没感觉到什么。我的第一反应是，感谢上苍，我们能供得起一个彭菲尔德情绪调节器。可是随后，我意识到这是一种很不健康的状态。感觉到生命的缺失，却无法作出反应，不光在这座楼里，在其他所有地方都是如此。你明白吗？我估计你不明白。这曾经被当成一种精神病态，名曰‘情感缺失症’。于是我让电视继续静音，坐到情绪调节器前，开始试验。最后我终于找到了设置绝望情绪的办法。”她黝黑精致的脸上现出心满意足之色，就像刚取得什么巨大成就。“于是我把它放进我的日程里，每月两次。我觉得这样安排很合理，充分感受一下待在地球上对所有事情的绝望无助，尤其是现在——再渺小的人物，也已经移民出地球了。你不同意吗？”

“可是那样的情绪，”里克说，“不就把你困在里头了吗？你自己爬不出来的。那种对现实的完全绝望，是不会自动停止的。”

“我设定好了，三小时后自动重设。”他妻子躲躲闪闪地说，“481号状态。能体会到未来多种多样的可能性，崭新的希望——”

“我知道481号。”他打断她的话。这个号他拨过许多次，他一直非常依赖这个号。“听着，”他坐到床边，握住她的手，把她拉到自己身边，“就算设定了自动终止，主动去体验抑郁仍然很危险，无论那是什么样的抑郁。不要管你今天的日程上安排了什么，我也先不管我安排了什么，我们一起拨104号，一起体验一下。然后你可以待在那个情绪里，而我会重设成今天工作需要的精神状态。那样我就会想要爬上屋顶，看看我们的绵羊，然后上班去；同时我也能知道，你不会坐在这里发呆，却不去看电视。”

他放开她细长的手指，穿过宽阔的房间，来到起居室。这里还残留着一丝昨夜的烟味。他弯腰去开电视。

伊兰的声音从卧室传来："早餐前我受不了电视。"

"拨到888号，"里克一边等电视预热，一边说，"想看电视的渴望，不管电视上放什么。"

"我现在什么也不想拨。"伊兰说。

"那就拨3号。"他说。

"拨那个号刺激我的大脑皮层，让我想要拨号？我不干。我不想拨号的时候，尤其不想拨那个号，因为那会让我想拨号。我现在最不想干的事情就是拨号。我只想坐在床上，看着地板发呆。"随着心灵凝聚，身体冻结，她的话音渐渐尖锐空虚起来。无法克服的惰性就像一层无所不在的沉重薄膜，把她牢牢罩住。

他把电视音量调大，老友巴斯特的声音轰然响彻整个房间。"嚯嚯，各位，现在简要播报一下今天的天气。曼古斯卫星报告说，放射尘临近午时会格外严重，然后会慢慢消退。所以想出门的各位——"

伊兰出现在他身边，身后的睡袍下摆皱成一团。她关掉了电视。"好吧，我投降。我去拨那个号。不管你想要我感受什么。我现在感觉太糟，甚至可以承受无所顾忌的性狂欢。见鬼，那又有什么区别？"

"我来吧，为我俩一起拨号。"里克牵着她回到卧室。在她的终端前，他拨了594号：永远对丈夫的无上智慧心悦诚服。在他自己的终端上，他拨了进取创新的工作态度，虽说他其实不太需要。就算没有彭菲尔德人工脑的刺激，他的工作习惯也已经根深蒂固了。

匆匆用过早餐之后——跟妻子吵架已经浪费了一些时间——他穿上出门所需的全副武装，包括埃贾克斯型号的骑士铅护裆，来到屋顶人工草坪。他的电子羊正在“吃草”。那只精密到可以乱真的假绵羊，正咯吱咯吱地嚼着草，懒洋洋的心满意足样儿，骗过了楼里所有邻居。

当然，那些邻居的宠物无疑也有些是电子赝品。他从不去打探这些东西，就像他的邻居们也从不打探他的绵羊是怎么来的，因为那是最不礼貌的一种行为。问人“你的绵羊是真的吗”，要比问人的牙齿、头发或内脏是不是真的更失礼。

早晨的空气，充斥着遮天蔽日的放射性微尘，盘旋在他周围，刺激着他的鼻子。他似乎不自觉地嗅到一丝死亡的气息。不对，这样形容可能夸张了点，他一边想，一边走向那方特定的草皮。那块草皮跟楼下那套大得过分的公寓一样，都在他的名下。那些微尘是末世大战的遗产，近年来放射性有所减轻。凡是挺不住的人，很多年前就已经挂掉了。如今，对于强壮的幸存者们，这些微弱的尘埃顶多只能干扰一下神志，打乱一点基因而已。就算他穿着铅护裆，那些微尘无疑还是会见缝就钻，只要他不移民离开，就会每天灌他一裆肮脏龌龊的东西。至今为止，每月一次的身体检查还算正常，他还在法律容忍范围内，可以生殖。但以后任何一个月，旧金山警察局的医生仍然可能随时宣判他为不正常。每时每刻都有正常人被那些无所不在的尘埃污染成特障人。现在，海报、电视，还有政府的垃圾信里最常冒出来的口号就是："要么移民，要么退化！随你选！"真是大实话，里克一边想，一边打开了小窝棚的门，走向他的电子羊。但我不能移民，他自言自语，因为我的工作在这儿。

隔壁窝棚的主人，他楼下的邻居，比尔·巴伯，跟他打了声招呼。他跟里克一样，一身职业装束，也是在上班前顺路来看看宠物。

"我的马——"巴伯兴高采烈地指着那匹高大的佩尔什马说，"怀孕了。"那匹马站在那儿，茫然地望着空中。"你觉得怎样？"

"我说，你就快有两匹马了。"里克说。他这时已经来到了他的绵羊身边。那只绵羊正卧在地上反刍，警觉地打量着他，看他带没带燕麦卷。这只假绵羊有个燕麦激励线路，一看到燕麦，就会爬起来跃到他面前，跟真绵羊似的。"她受了谁的孕？"他问巴伯，"北风吗？"

"我买了全加州质量最好的雄马精液。"巴伯告诉他，"我在州畜牧管委会有内部关系。你忘了上星期他们的检查员来这里检查朱迪了吗？他们巴不得她下只小驹。她可是独一无二的品种。”巴伯亲昵地捋着马的鬃毛，马也把头偎向他。

“想没想过把马卖掉？”里克问。他多么希望能有一匹马，或者什么动物都行。拥有和维护一只赝品只会让人越来越沮丧。但从社交礼仪角度来看，如果没有真品，也只能用赝品充数了。他没得选择，只能将就。就算他自己不在乎，他老婆也在乎。伊兰对这个非常非常在乎。

巴伯答道："把马卖掉，那很不道德。"

“那就卖掉马驹吧。拥有两只宠物，比一只都没有更不道德。”

巴伯困惑地说："你什么意思？很多人都有两只宠物，甚至三只、四只。我弟弟打工的那家海藻处理厂的老板弗雷德·沃什伯恩，他有五只宠物。你没看昨天的《纪事报》吗？有篇文章讲他的鸭子，号称是整个西海岸最大、最重的番鸭。”他呆呆地遥望远方，想象着那只鸭子，神志开始恍惚。

里克在大衣口袋里摸索了一会，找到那本因为翻阅太多而起皱的《西尼动物飞禽目录》一月号附刊。他仔细看了看索引，找着了马驹（参见马，后代）的条目，立即看到了全国平均价。“我花上五千块，就能从西尼买到一只佩尔什马驹。”他大声说。

“你买不到。”巴伯说，“再仔细看看。那是斜体字印出来的，意味着没有库存了。要是有库存的话，那个价确实能买到。”

“不如这样，”里克说，“我每月付你五百块，连付十个月。目录里的全价。”

巴伯怜悯地说：“德卡德，你不懂马。西尼公司没有佩尔什马驹库存，是有原因的。没人会卖佩尔什马驹，就算是按目录里的全价。这种马太稀有了，就算比较劣的种也很罕见。”他倚在两人之间的栅栏上，做着手势，“朱迪在我这儿已经三年了，我还从没见过质量能跟她匹敌的母马。当初为了买她，我专程飞到了加拿大，然后亲自开车把她带回来，以免路上被人偷了。你要是带着这样一只动物出现在科罗拉多或怀俄明，他们会直接干掉你，把它抢走。知道为什么吗？在末世大战之前，实际上有数百只——”

“可是，”里克打断了他，“你有两匹马，我却一匹也没有，这违背了默瑟主义神学和基本的道德理论。”

“可你有只绵羊啊。见鬼，你可以自己努力攀登，当你两手抓牢共鸣箱的把柄时，你可以光荣地前行。要是你没有那边那只老绵羊，我倒会觉得你说得有点道理。如果我有两只动物而你一只也没有，那我当然是在助纣为虐，妨碍你与默瑟真正融合。但这栋楼里的所有住户——算起来有五十户吧，按我估算，每三套公寓有一户人家——我们每一户都有一只动物，不管是什么品种。那边的鸡是格雷夫森的。”他往北比画了一下，“奥克斯夫妇有那条半夜狂吠的大红狗。”他又琢磨了一下，“我想埃德·史密斯在公寓里养了只猫；至少他是这么说的，虽然没人见过。有可能他是装出来的。”

里克走到他的绵羊身边，弯腰在厚厚的白羊毛中摸索——至少跳蚤还是真的——直到摸到他要找的东西：那套机械设备的控制面板。当着巴伯的面，他猛地扯开那片羊毛，露出了面板。“看到了？”他对巴伯说，“你现在明白我为什么那么想要你的马驹了？”

过了一会巴伯才说：“可怜的人。一直都是假绵羊吗？”

“不是。”里克边说边把面板上的羊毛再次盖上。他直起身，转过来面对着他的邻居。“我本来是有一只真绵羊的。我岳父移民前留给我们的。然后，大概一年前吧，记不记得那次我带它去兽医院——那天早上你也在这儿来着，我一上来就发现它侧躺在地上，站不起来了。”

“你后来把它扶起来了。”巴伯想起来了，边点头边说，“对，你好不容易把它扶起来，它走来走去转了一两分钟，又跌倒了。”

里克说：“绵羊很容易得怪病。或者可以这样说，绵羊会得很多种病，但症状都是一样的：它站不起来了，根本看不出病得有多重，是扭伤了一条腿，还是破伤风快死了。我的绵羊就死于破伤风。”

“在这里破伤风？”巴伯问道，“就在这屋顶上？”

“是干草惹的祸。”里克解释说，“我那次没把捆干草的铁丝拆干净，就那一次。有段铁丝留在了草堆里。格劳乔——哦，那时候它叫格劳乔——刮伤了，感染了破伤风。我带它去看兽医，但它还是死了。我考虑半天，最后联系了一家制造人工宠物的店，把格劳乔的照片发给他们。然后他们就造出了这个。”他指了指那只假货。它仍若无其事地卧在那儿使劲反刍，紧盯着他，期盼燕麦出现。“这是一个足以乱真的假货。而且我照顾它所用的时间和心思，一点也不比照顾以前那只真绵羊少。但毕竟——”他耸了耸肩。

“还是不一样。”巴伯帮他把话说完。

“很接近了。感觉几乎一样。你得时时盯着它，就像照顾真绵羊一样。因为它们一旦坏了，楼里的所有人就都知道了。我把它送修过六次，都是些小毛病。但只要有人看见——比如那次音带坏了，或是不知怎么弄脏了，它就一直咩咩叫个不停——马上就能看出来是**机械**故障。”他又补充说，“修理铺的卡车当然会在车身外面写个动物医院什么的，司机也穿得像兽医，一身白袍。”他突然扫了一眼手表，想起要赶时间。“我得去上班了。”他说，“今晚再见。”

他往车子赶去，巴伯在他身后匆匆叫道：“嗯，我不会告诉楼里的任何人。”

里克停住脚步，正要道谢，但突然心中一动，先前伊兰所说的绝望情绪似乎击中了他。他回答道：“我不知道。也许无所谓。”

"但他们会鄙视你。不一定每个人都会，但总有些人会这样。你知道不照顾动物在人们眼中是怎样的形象：他们会认为你道德沦丧，没有同情心。末世大战刚结束时，这种行为是犯罪。现在虽然在法律上不算犯罪了，但在人们的感觉上，那还是犯罪。"

"老天。"里克无奈地摊开空空的双手，"我想要一只动物。我一直想买一只。但凭我的薪水，凭市府雇员的这点收入——"他暗想，多希望工作上能好运再来啊，就像两年前我一个月抓住四个仿生人那阵子。要是我那时就知道格劳乔会死……不过那是在破伤风之前了，那时哪知道会冒出那段两英寸、针头似的断铁丝。

"也许你可以买只猫。"巴伯建议道，"猫很便宜的。你可以查一下《西尼目录》。"

里克低声答道："可我不想要家养小动物。我要的是原来那种大动物。要么买只绵羊，要么，如果我能买得起的话，买只奶牛或公牛，要么买你那种马。"他突然意识到，只要干掉五个仿生人，赏金就够了。每个仿生人值一千块，而且是正常工资外的外快。然后，我一定能在什么地方找到我想要的东西的卖家，就算《西尼目录》里是斜体字。五千块啊——可是，他想，这五个仿生人首先要设法从某个殖民星球来到地球。这我可控制不了，我不能强迫五个仿生人来到地球。就算我能，世界上还有别的警察机构，别的赏金猎人。这些仿生人得来到加州北部定居，而且本地的高级赏金猎人，戴夫·霍尔登，得先死掉或退休。

“买只蛐蛐吧。”巴伯开始卖弄小聪明，“或者老鼠。对了，只要二十五块就能买到一只成年老鼠。”

里克说：“你的马也会死的，就像格劳乔一样，没有征兆地突然死掉。今晚你下班回家，可能就会发现她躺在地上，四脚朝天，像只死虫，对了，就像你建议的，死蛐蛐。”他攥着车钥匙，大踏步走开。

“要是我冒犯了你，我道歉。”巴伯不安地在他身后说道。

里克·德卡德在沉默中拉开飞车的门。他跟这位邻居已经没话说了。他的脑子已经转换到了工作上，今天一天的工作。

二

在一座曾有过数千居民的巨大、空旷而衰败的楼里，有台电视正夸夸其谈地向一个空房间兜售物件。

这片无主的废墟，在末世大战之前曾有人精心照料维护。这里曾是旧金山郊区，单轨列车几站就能到达城区。整座半岛曾是那样地生机勃勃，就像落满小鸟的大树，洋溢着唧唧喳喳的观点和抱怨。但现在，那些关心这个地方的人们，要么已经死了，要么已经移民到某个殖民星球去了。大部分都死了。战争的代价是昂贵的，不管五角大楼之前的预言是多么乐观，不管五角大楼麾下的科研机构兰德公司曾是多么扬扬得意。对了，其实兰德公司本来离这地方不远。就像公寓的主人们一样，公司也离开了，显然永远不会再回来了。但也没人想念它。

此外，已经没人记得战争为何发生，还有谁赢了，或者到底是不是有人赢了。如今覆盖全球的微尘，并不来自任何一个国家。即便是战时的敌对双方，也不会蓄意制造这些尘埃。奇怪的是，首先死的是猫头鹰。当时的场面似乎很滑稽：院子里，路面上，东一只西一只地躺着那些胖胖的白鸟。但和生前一样，它们是天黑后才出现的，所以一时没有引起人们注意。中世纪也曾发生过类似的瘟疫，从大批死老鼠开始。但这次，瘟疫是从天上降下来的。

猫头鹰之后，其他鸟类也陆续跟着死去。但那时，人们经过研究，最终破解了这个谜团。战前，曾有一个小小的殖民外星球计划正在进行。战后，有鉴于太阳已不再照耀地球表面，殖民计划就进入了一个全新的阶段。为了殖民，人们改装了一种叫“合成自由战士”的战争机器。因为它们能在外星球上劳作，这些人形机器——严格说来，是有机仿生人——成为殖民计划中任劳任怨、辛勤劳作的引擎。按联合国法律，每个移民的人自动拥有一个仿生人，至于是哪一子类的仿生人，由他自选。到一九九〇年的时候，仿生人的子类数量已经超出了人们的理解，就像一九六〇年代的美国汽车市场。

这就是移民的最终动力：仿生人是胡萝卜，放射尘是大棒。联合国的法律让移民轻而易举，让留在地球难上加难。老在地球上瞎转悠的人，随时可能被打上生理异类的标签，变成对人类原始遗传基因的威胁。公民一旦被打上特障的印记，就算主动接受绝育，也会在历史中消失。事实上，他已经不算人类了。然而，地球上还是到处有人拒绝移民，个中缘由，就连这些人自己也永远弄不清楚。按理说，所有正常人都应该移民。也许是因为地球虽然已经毁得不成样子，但仍然是个熟悉的家，是个让人眷恋的地方。也许是因为他们仍幻想漫天的微尘终将落定。不管怎样，成千上万的人们留在地球上，大部分都聚居在城里，以便更容易看到别的真人，在彼此的存在中获得慰藉。这些人还算是头脑比较正常的人。除了他们以外，偶尔也会有些特殊的个体，寄居在那些废弃的郊区。

约翰·伊西多尔就是这么一个特殊的人。他正在浴室里一边刮胡子，一边听着客厅里喋喋不休的电视。

他是战后误打误撞来到这里的。在那段天下大乱的日子里，没人知道自己在做什么。被战火打散的人群一直四处流浪，一会聚在这里，一会搬到那里。那时，放射尘分布零散，很不均匀。有的州完全没有放射尘，有的州满是放射尘。人们被尘埃赶着到处迁移。旧金山南边的半岛起先没有放射尘，有许多人在这里聚居。放射尘袭来之后，有的人死了，有的人离开了。约翰·伊西多尔却留了下来。

电视继续喊道："——完全复制美国内战前南方各州的安逸日子！可当仆人，也可下地劳作；永远不知疲倦，**为您个人，为您特有的需要**而定制的人形机器——您一旦抵达，就可免费获取！全套装备，您离开地球之前就可定制。这个忠诚老实的伙伴，在人类现代史上最伟大、最勇敢的开拓事业中，将提供——"如此这般，无休无止。

不知会不会迟到，伊西多尔边刮胡子边想。他没有一只能正常工作的钟，一般都依赖电视报时。但今天看来是太空地平线节。电视上宣布，这是新美国创建的第五（还是第六）个周年纪念日——新美国是火星上最主要的美国殖民地。他的电视有些坏了，只能收到这么一个战争期间就已经国有化的频道。华盛顿政府由于殖民计划而资助的这个频道，是伊西多尔唯一能听到的东西。

“让我们听听玛吉·克卢格曼太太是怎么说的。”电视主持人向约翰·伊西多尔建议道，虽说约翰只想知道现在的时间，“克卢格曼太太最近刚移民到火星，我们直播采访时她有话要说。克卢格曼太太，跟以前肮脏的地球比起来，你觉得在这个新世界里充满无限可能的生活怎么样?”短暂的停顿之后，一个疲倦、沙哑的中年女声说道:“我想，我和我的三口之家首先注意到的，是尊严。”“尊严，克卢格曼太太?”主持人问道。“对，”现居火星新纽约市的克卢格曼太太答道，“很难解释。在这样的艰难时刻，拥有一个可靠的仆人……我感觉安心很多。”

“以前在地球上，克卢格曼太太，你是不是也担心有一天会被标记成——咳咳——特障人士?”

“哦，是啊，我先生和我担心死了。当然，现在移民出来了，很幸运，永远不用再担心了。”

约翰·伊西多尔自嘲地暗想，其实我早就不用担心了，根本不需要移民。他已经当了一年多的特障人，而且不只是因为他身上变异的基因。更糟糕的是，他没法通过最基本的智力测试，这样他就成了俗称“鸡头”的智障人士。他每天顶着的蔑视目光有三个星球那样重。可是，即便这样，他还是活下来了。他有个工作，为一家叫作“范尼斯宠物医院”的假动物修理公司开车。他那抑郁刻板的老板汉尼拔·斯洛特把他当人看待，这一点他一直很感激。“Mors certa，vita incerta.”斯洛特先生有时会这么念叨。伊西多尔虽然听过这话很多次，但只是模糊知道点意思。毕竟，要是一个鸡头能理解拉丁语，那他就不再是鸡头了。当他向斯洛特先生指出这一点时，斯洛特先生承认他说得对。而且，世界上还有比他愚蠢得多的鸡头，任何工作都做不了，只能待在号称“美国特殊技能学院”的疗养院里头。“特殊”这个词，一如既往地必须出现在疗养院名称里。

“——你先生当时并没觉得受到保护，”电视主持人还在说，“就算他始终穿着昂贵笨重的铅护裆来阻挡放射线，是这样吗，克卢格曼太太？”

“我先生——”克卢格曼太太正要回答，伊西多尔却已经刮完胡子，大步走回客厅，关掉了电视。

寂静，从木家具和墙壁中突然闪现出来，对他一记猛击，像凝聚了一座大风车的所有力量一样沉重。它从地板上升起，从破烂死灰的连壁地毯下升起。它从残破的厨房用具中，从这些日子里从未正常运转过的机器中一跃而出。它从客厅里当摆设的立式台灯里缓缓渗出，从布满死苍蝇的天花板上悄悄落下。它设法从他视野中的所有物件里冒了出来，就好像它——寂静——已经打定主意，要取代所有看得见摸得着的东西。它不但攻击他的耳朵，还进犯他的眼睛。他站在关掉的电视旁边，感觉到寂静不仅是看得见的，而且是活生生的。活生生的！他已经习惯了它直来直去的风格，呼啸而来，毫不掩饰，迫不及待。这个世界的寂静再也抑制不住贪婪，尤其是在它已经几乎赢得整个世界的时候。

他暗自揣想，对于其他留在地球上的人，空虚的感觉是不是也如这般。或者这只是他一个人因为特定感官受损、生理机能被破坏所带来的独有体验？这个问题有意思，他想。但他还能和谁讨论、跟谁比较呢？在这座破败晦暗的大楼中，上千个公寓单元，只有他一人独居。像所有其他楼房一样，这座楼也正日复一日地更加衰败，成为熵增的废墟。终有一天，楼里的所有东西都会融合起来，再无面目可识别，再无个性可彰显。每个房间里的东西都像布丁块那样堆成垃圾山，直触天花板。再然后，没人照管的公寓楼会整个融合起来，再无形状，掩埋在漫天的尘埃里。到那时，他本人自然早就死了。他站在破败的客厅里，在这无孔不入、没心没肺、沛然霸道的死寂中，竟然对自己的死期有了小小的期待。

或许应该再把电视打开？但那些广告，针对的只是还留在地球上的正常人，让他恐惧。那些广告，以无数不同的方式告诉他，一个特障人，是没人要的，没有一点用处，就算想移民也办不到。那为什么要听广告？他恼怒地自问。去他的殖民地，最好让他们互相打起来——毕竟，理论上这是有可能发生的——然后殖民地就跟地球一样了。移民出去的每一个人，就都变成了特障人。

好了，他想，该上班去了。他伸手拧开门把手，面对黑洞洞的走道，但一看到楼里弥漫着的空虚，他又缩了回来。那种一直努力要穿透他房间的莫名力量，正潜伏在外面某处等着他。神啊，他暗叫一声，把门又关上了。他还没作好攀登楼梯、爬到楼顶的准备。楼顶上空荡荡的，他没有宠物在那儿。攀登楼梯的脚步回声，寂静的回声，又是那么恐怖。该去抓一下手柄了，他想，一边穿过客厅，来到黑色的共鸣箱前。

刚打开共鸣箱，电路中就冒出一股淡淡的熟悉的负离子气味。他如饥似渴地深吸一口气，情绪已经开始高涨。然后，阴极射线管闪亮起来，像一幅脆弱的模拟电视图像。一幅拼贴画，由随机的色彩和线条组合而成，在握住手柄之前，显然没有任何含义。他深吸一口气，定了定神，双手一起抓住了两个手柄。

图像凝聚起来，他立即看到了熟悉的场景。一道古老、苍黄、荒芜的山坡，一簇簇干瘦如骨刺般的野草，歪歪斜斜地指向一片没有太阳的灰暗天空。一个孤单的身影，看起来多少像个人形，正吃力地攀登。这是个老人，身上一袭暗淡无光的袍子，几乎遮不住身体，就像是从天上充满敌意的虚空中硬抢出几丝东西织成的。他，威尔伯·默瑟，正在艰难地向前跋涉。随着约翰·伊西多尔握紧手柄，他感到身外的客厅渐渐淡出，周围的废旧家具如潮水般退去，他再也感觉不到它们的存在。他感觉自己，就像从前一样，进入了这个场景，这苍凉的山冈，这苍凉的天空。同时，他再也看不到那个爬山的老人。他自己的脚在地上慢慢拖动，在熟悉的碎石中寻找落脚处。他感觉到双足被尖石硌着的刺痛，也闻到了空中雾气的酸楚。这不是地球的天空，而是某个陌生、遥远的所在，通过共鸣箱传递过来，让他融入其中。

这种彻底的穿越方式，一如既往令他目眩神迷。他不但肉体上与威尔伯·默瑟合一，意识与精神也与默瑟融为一体，就像其他每一个此刻握住了手柄的人，不管他在地球上还在哪个殖民星球上。他体验到了所有人的思绪，听到了熙熙攘攘的杂音。他们和他一样，只关心一件事。意识的融合，把他们的注意力集中到这个山冈，这次攀登，这种超越自我的渴望。这种感觉一点一点地演化，慢得几乎不可觉察，但一直在演化。脚下的石子正在哗哗往下滑。他想，再高一点。今天，我们比昨天高了一点，而明天——他，这个无数灵魂复合成的威尔伯·默瑟，抬头望了望前方的山坡。一眼看不到头。太远了。但总有一天我们能爬到顶。

突然，一块石头飞来，砸到了他的胳膊。他感到了疼痛，半转过身。另一块石头擦着他飞过，撞到地上，砰的一声，吓了他一跳。是谁？他打量着远处的敌人。还是那批老对手，在他视野边缘若隐若现。它，或者它们，跟着他一路爬上山来，还会一直跟到山顶——

他记得山顶，坡势突然变平，攀登结束，开始下坡。这发生过多少次了？不知多少次，都混在了一起。未来与过去混在了一起。他以前的体验，与终将得到的体验，都混在一起，除了眼前当下，再无其他。他站定稍作休息，揉着臂膀上被石头割开的伤口。神啊，他疲倦地想。这哪里公平了？为什么我要独自一人来到这里，被我看不见的人折磨？然后，在他的意识中，众人的嘈杂打破了孤独的假象。

你们也感觉到了，他想。是的，那些声音回答。我们左臂挨了块石头，疼得要死。好吧，他说，我们还是继续爬吧。他继续向前，它们如影随形地立即跟上。

曾几何时，他想起来，生活是另一种样子。在大诅咒到来之前，他也曾有过快活的日子。他的养父母弗兰克·默瑟与科拉·默瑟发现他时，他在一个气垫救生筏上顺水漂流，那是在新英格兰海边……还是在墨西哥的坦皮科港附近？他已经记不清楚细节了。童年是愉快的。他热爱所有生命，尤其是动物，曾一度能够起死回生，救活死去的动物。他与兔子和飞虫生活在一起，不管是在地球上还是在哪个殖民世界。但现在，他已经忘了这些细节。然而，他记得那些杀手，因为他们把他当作变异人抓了起来，认为他比其他特障人更特障。从此，一切都改变了。

当地法律禁止让死者复生的时间倒流术。在他十六岁时，他们曾明确告知他这一点。但他在残存的树林里又秘密干了一年，直到一个他从未见过的老太太告发了他。未经他父母同意，杀手们就轰碎了他脑中那个独特的结瘤，用的是放射钴。他一下子进入了一个完全不同的世界，他从未想象过的世界。这是一个填满死尸与枯骨的深阱，他挣扎了不知多少年才爬出那个深坑。他最钟爱的两种动物，驴和蟾蜍，这时已经消失了，灭绝了，只剩下东边一瓣残肢，西边半颗头颅。最后，有只专程来此等死的鸟告诉了他这是什么地方。他陷入坟墓世界里了。他想要出去的话，必须等到四周散布的断骨会合生长成一个新生命。他已经与其他生命的新陈代谢融为一体，在它们复苏之前，他是没法复苏的。

这部分循环持续了多久，他不知道。因为一直没有什么事件发生，时间变得无法衡量。但最终，枯骨生出了肌肉，空眼眶里长出了能看见世界的眼睛，恢复如初的鸟喙和嘴巴开始发声，咔吧，汪汪，喵呜。也许是他干的，也许他脑中那个超感官结瘤长回来了。也可能不是他干的，只是一个自然过程。不管怎样，他不再沉沦，开始和其他生灵一起向上攀登。很久以前他就看不到它们了。他发现自己似乎是在独自攀登。但大家都在，都陪着他。他能感觉到它们，很奇怪，就在他灵魂里。

伊西多尔静立不动，紧握两只手柄，体验着囊括所有生灵的感受。然后，他很不情愿地松开手。一如既往，必须结束，而且他的手臂被石头砸到的地方确实生疼，已经开始流血。

放开手柄后，他检查了一下伤势，然后摇摇晃晃地走向浴室，清洗伤口。这已不是第一次与默瑟融合时受伤了，应该也不会是最后一次。曾有人，特别是老年人，在融合时死去，尤其是在后面到达山顶，老对手的折磨最剧烈的时候。不知道我能不能再次安然度过那一关，他一边擦洗伤口一边想。好像有心脏停搏的风险。最好是安然度过。他寻思，要是我住在城里，有个医生带着心脏起搏器在一旁随时待命，那就关系不大。独自住在这里，再硬闯就太冒险了。

不过他知道，自己还是会去冒这个险。他从来都是硬闯。大多数人都是这样，即便是身体衰弱的老人。

他用纸巾擦干伤臂。

然后突然听到——远远地，闷闷地，有电视声。

还有别人在这座楼里，他开始胡思乱想，又难以置信。肯定不是我的电视，因为我已经关掉了。我能感觉到地板的震动。那声音来自下面，完全是另一层楼！

我不再是一个人了，他意识到。另一个居民刚刚搬进来，选了套空房间，而且距离这么近，我甚至能听到他。肯定是二楼或三楼，不可能更低了。怎么办呢？他脑子飞速运转。有新邻居搬进来的时候，一般怎么欢迎打招呼来着？是不是敲门借点东西？他想不起来了。他从未碰到过这种事，不管是在这里还是在别的什么地方：只有人搬出去，只有人移民出去，从来没人搬进来过。可以拿点东西送给新邻居，他决定了。比如一杯水，或牛奶。送点牛奶，或面粉，或鸡蛋——或它们的人造替代品。

他打开冰箱看了看——冰箱的压缩机早已坏了——找到一盒疑似黄油的东西。他拿着这盒黄油走出门，心开始狂跳。我必须保持冷静，他意识到。不能让他知道我是鸡头。如果知道了，他就不会再跟我说话。一直是这样，不知道为什么。到底是为什么？

他沿走廊快步向前走去。

三

上班路上，里克·德卡德和其他无数人一样，在旧金山一家大宠物店门口逡巡了一会，看了看那排动物笼子。在长达一整个街区的展示窗口正中央，一只鸵鸟在一个保暖透明的塑料笼子里与他对视。根据笼子边上的铭牌描述，这只鸟刚从克里夫兰动物园搬过来。这是西海岸唯一一只鸵鸟。他瞪了鸵鸟好一会，又郁闷地瞪了价牌好几分钟。当他来到伦巴底街上的执法部时，已经迟到了十五分钟。

他刚打开办公室的门，哈里·布赖恩特局长就叫住了他。局长是他的顶头上司，招风耳，红头发，衣着邋遢，眼神精明，似乎对周遭所有重要点的东西都了如指掌。“九点半到戴夫·霍尔登的办公室来找我。”局长一边说，一边迅速翻弄着手中笔记板上的一大叠文件。“霍尔登，”他说着转身离开，“现在在锡安山医院，脊柱被激光打穿了。他至少得在医院待一个月，直到他们装好那种新的有机塑料脊骨。”

“出了什么事?”里克打了个寒战，问道。霍尔登是局里的首席赏金猎人，昨天还好好的，下班回家时照常开车高速飞出，往拥挤的诺伯山高等公寓区冲去。

布赖恩特脚不停步，只转头嘟囔了一句九点半、戴夫办公室什么的就走了，留下里克一人站在那儿发呆。

他走进办公室时，秘书安·马斯滕的声音紧跟在他身后进来了。“德卡德先生，你知道霍尔登出了什么事吗？他挨了一枪。”她刚进这个混乱拥挤的密闭房间，就把空气过滤器打开了。

“对。”里克简短地答道。

“肯定是罗森公司新出的那些超级聪明的新型仿生人。”马斯滕小姐继续说，“看没看过他们公司的手册和说明书？他们现在所用的枢纽6型脑单元，已经能在两万亿个组分，或一千万个不同的神经通路间作选择，”她压低了声音。“你错过了早上的视频会议。怀尔德小姐告诉我的。是早上九点整接通的电话。”

“外面打进来的电话?”

马斯滕小姐说：“是布赖恩特先生打出去的，打给苏联的华约总部，问他们愿不愿意向罗森公司东部工厂的代表发出正式书面投诉。”

“哈里还想要他们把枢纽6型撤出市场?”他一点也不惊讶。自从一九九一年八月枢纽6型的说明书和性能图表发布以来，全世界大多数负责抓捕逃亡仿生人的警察局一直在抗议。“苏联警察跟我们一样无能为力。”他说。从法律角度看，枢纽6型脑单元的生产厂家是在殖民地的法律体系下运营的，因为母公司在火星上。“我们也只能接受既成事实了，”他说，“每次有更强的脑单元出来，都是这样。我还记得一九八九年祖德曼公司刚发布他们的T14型时，招来多少愤怒谴责。西半球的每个警察局都在嚷嚷，一旦这样的仿生人非法入境，没有哪种测试能把它检测出来。事实上，有一阵还真是这样。”他记得先后有五十多个T14型仿生人想方设法、各显神通来到了地球，其中一些熬过了一整年都没被检测出来。但后来，苏联的巴甫洛夫学院发明了沃伊特移情测试。到目前为止，还没有任何一个已知的T14型仿生人能通过这个测试。

“想知道苏联警察是怎么说的吗？”马斯滕小姐说，“我连那个都知道。”她长满雀斑的橙色脸上一脸得意。

里克说：“我会问哈里·布赖恩特。”他有些恼火。办公室流言很让他反感，因为经常比真相还真相。他坐到桌前，低下头，伸手到抽屉里使劲翻了翻，直到马斯滕小姐识趣地离开。

他从抽屉里翻出一个皱巴巴的牛皮纸老信封，身子向后一靠，把老板椅仰起来。他在信封里摸索，直到找到他想要的东西：整理装订好的枢纽6型完整资料。

他刚看了一会，就验证了马斯滕小姐的话。枢纽6型的确有两万亿个组分，以及多达千万种可能的脑活动组合。在0.45秒之内，装备了这种脑结构的仿生人可以表现出14种基本反应中的任何一种。也就是说，什么样的智力测试都逮不住这样的仿生人。不过，智力测试本来就有很多年没逮住过仿生人了，除了一九七〇年代出产的那些初级原始型号。

这种枢纽6型仿生人，他寻思，在智力上甚至胜过了好几类特障人。也就是说，装备了枢纽6型脑单元的仿生人，从严格冷酷的实用主义角度来看，在进化上已经超越了很大一部分人类，虽说是相对比较低劣的那部分。有时候，仆人比主人还要像人。但现在，已经出现了一些新的度量系统，比如那种沃伊特·坎普夫移情测试，就可以作为判断依据。一个仿生人，不管智力上多么卓越，永远都理解不了默瑟主义追随者经常经历的那种融合感。而这种融合感，不管是他还是其他人类，乃至劣等的鸡头们，都能轻易体验。

他曾跟大家一样好奇过，为什么仿生人面对移情测试时，会那么挣扎无助。很显然，移情现象只存在于人类社群中，而智力则或多或少地普遍存在于所有门类的动物身上，甚至包括蜘蛛。比如，产生移情的一个先决条件是群体本能。而像蜘蛛那样的独居生物，移情不但无益，反而可能有害于它的生存，因为移情能让它体会到被它困住的猎物对生的渴望。如此一来，所有食肉动物，包括像猫那样高度进化的哺乳动物，都可能饿死。

他下过一个结论：移情肯定只存在于草食动物，或不吃肉也能存活的杂食动物身上。因为说到底，移情能力模糊了捕食者和被猎者、成功者和失败者之间的界限。就像跟默瑟融合的时候，所有人都在一起攀登。当循环结束时，所有人又一起堕回坟墓世界的深谷。打个古怪的比方，这就像生命之间的一种保险。当然，这是一把双刃剑。只要有某个生命经历了快乐，所有其他生命的体验就都会包含一丝快乐。但要是任何一个生命感受到痛苦，那其他生命也就挥不去那一片阴影。像人这样的群居动物，有了移情能力之后，生存率会显著提高。但对于猫头鹰和眼镜蛇，移情则意味着毁灭。

这么看来，人形机器说到底就是个独居的捕食者。

里克就喜欢这样看待仿生人，因为这让他工作起来很愉快。这样，当他了结——或杀死——仿生人时，就没有违反默瑟订下的生命条约。**只有杀人的人，你才可以杀他**，这是共鸣箱在地球上出现的第一年默瑟就教导过的。在默瑟教内部，随着这个信仰演化完善成一个完整的宗教，对于杀手的定义也一直在悄悄变化。在默瑟教义中，那个衣衫褴褛、步履蹒跚的老人身后，一直有个绝对邪恶的力量在拼命拖后腿，但从来没人知道这个邪恶力量是谁，或者是什么。默瑟教徒看不到邪恶，却能**感觉到**邪恶。换句话说，模糊不清的杀手概念，正好让默瑟教徒可以自由发挥，想往哪儿套都行。对于里克·德卡德来说，一个逃亡的机器人杀了主人，还具备了比许多人类更高的智力，对动物毫无感情，对另一个生命的喜怒哀乐完全无动于衷；这，就是对杀手的最明确定义。

想到动物，他突然又想起了在宠物店里看到的鸵鸟。他把枢纽6型脑单元的参数表推到一边，捻起一撮西登斯夫人3&4号鼻烟，深吸了一口。然后他看了看表，发现还有时间，于是拿起桌上的视频电话，跟马斯滕小姐说："请接萨特街的快乐狗宠物店。"

"好的，先生。"马斯滕小姐立即翻开电话本。

一只鸵鸟而已，他们哪会真要那么高的价，里克自言自语。他们是想交换别的动物吧，就像以前买新车，把旧车送过去就能折价。

"快乐狗宠物店。"伴随着这句话，里克的屏幕上出现了一张欢快的小脸。背景里还能听到动物喧哗的声音。

"你们橱窗里展示的那只鸵鸟，"里克摆弄着桌上的瓷烟灰缸，"我需要准备多少首付？"

"我看看。"动物销售员摸出了纸笔。"三分之一首付。"他算出来了，"能不能问一下，先生，你准备拿什么东西来折价吗？"

里克警惕地答道："我还没有决定。"

"假设我们给这只鸵鸟签三十个月的分期付款。"销售员说，"按我们超级优惠的百分之六月息来算，扣除合理首付以后，你每月应付——"

"你必须降点价。"里克打断了他，"砍掉两千，我就不易物折价了，我可以搞到现金。”戴夫·霍尔登现在不行了，他想，这可能意味着我要发达了……当然，也取决于接下来一个月会有多少任务。

“先生，”动物销售员说，“我们的要价已经比市场价低一千了。查查你的《西尼目录》，我可以等你一会，你会看到我们的价格是多么公道。”

老天，里克想，他们寸土不让啊。不过，完全只为了验证一下，他从大衣口袋里费劲地抽出那本折叠起来的西尼小册子，翻开目录，一直查到鸵鸟栏，公母、老幼、病健、新旧，仔细盯着价钱。

“新、公、幼、健，”销售员说，“三万块。”他也拿着一本《西尼目录》。“我们比目录价低了整整一千。好了，你的首付——”

“我再想想，”里克说，“然后再给你电话。”他正要挂掉电话。

“你的名字，先生？”销售员警醒地问。

“弗兰克·梅里维尔。”里克说。

“还有你的地址，梅里维尔先生？万一你打过来我不在的话，我们需要这些信息。”

里克捏造了一个地址，然后挂断了电话。那么多钱，他想。然而，还是有人买。就是有人有那么多钱。他又拿起电话，严厉地说："给我外线，马斯滕小姐。不许偷听，这是机密电话。"他瞪着办公室外面的马斯滕。

"好的，先生。"马斯滕小姐说，"可以直接拨号了。"她断开自己的线路，让他独自面对外面的世界。

他凭记忆拨通了当初他买那只假绵羊的伪宠物商店。小小的屏幕上出现了一个兽医打扮的人。"麦克雷医生。"他自称。

"我是德卡德。一只电子鸵鸟要多少钱？"

"哦，我估计我们八百块之内就能搞定。你什么时候要？我们可能需要专门为你设计一下，因为这种活儿可不多见——"

"我回头再打给你。"里克打断了他，扫了一眼手表，发现九点半已经到了。"再见。"他匆匆挂断电话，不一会就来到布赖恩特局长的门前。他路过布赖恩特的两个助手，一个是接待员，银色长辫垂及腰际的漂亮小姑娘；另一个是秘书，像侏罗纪沼泽里爬出来的上古野兽，或是坟墓世界里萦绕不去的老妖怪，冰冷狡诈。两人都没跟他说话，他也没跟那两人搭腔。他打开内室的门，跟正在讲电话的上司点了下头，然后坐在椅中，掏出随身带来的枢纽6型参数表继续研读，消磨时间。

他感觉有些焦虑。按理说，由于戴夫突然缺席工作，他至少应该谨慎乐观才对。

四

也许我只是担心，里克猜想，戴夫碰上的霉运我也会碰上。仿生人要是聪明到能用激光枪撂倒戴夫，那撂倒我也没问题。但他焦虑的似乎并不是这个。

“我发现你把那个新型脑单元的说明书带来了。”布赖恩特局长挂上电话，对他说道。

里克说：“对，我听到了小道消息。这回有几个仿生人？戴夫找到了几个？”

“至少八个。”布赖恩特低头查看了一下笔记板，“戴夫找到了头两个。”

“剩下的六个也都在我们北加州？”

“就我们所知，都在。戴夫说的。刚才我就是在跟他通话。他桌上的笔记我已经拿过来了。他说他所知道的一切，都在这些笔记里。”布赖恩特敲了敲那叠稿纸。目前他似乎并不打算把笔记递给里克。出于某些原因，他还在翻看那些笔记，不时皱皱眉头，用舌头舔一下干燥的嘴唇。

“我正好没别的任务，”里克主动提出，“我可以随时接替戴夫的工作。”

布赖恩特胸有成竹地说：“戴夫测试他的怀疑对象时，用的是修正版的沃伊特·坎普夫量表。你应该知道——其实你必须知道——这个测试并不只针对这种新型脑单元。**没有**哪个测试是专门针对哪个脑单元的。沃伊特量表在三年前由坎普夫修正过以后，是我们现在唯一有效的手段。”他停下来思索了一会，续道：“戴夫认为这个测试很精确。也许正好够用吧。但我给你个建议，在开始寻找那六个仿生人之前，”他又敲了敲那叠笔记，“先飞到西雅图，跟罗森公司的人谈谈。看他们有哪些型号的仿生人装备了这种枢纽6型脑单元，让他们提供一些有代表性的样本。”

“并且用沃伊特·坎普夫量表测试他们。”

“听起来真容易。”布赖恩特半是自言自语地说。

“什么？”

布赖恩特说：“你飞过去的路上，我先亲自和罗森公司谈谈吧。”他沉默地打量了里克好一会，然后终于咕哝了一声，咬了下指甲，想好了接下来的话怎么说。“我会跟他们讨论看看能不能在测试中混入几个真人。但你事先不会知道哪些是真人。这由我和制造商讨论后决定。你抵达的时候，他们应该能准备好。”突然，他指着里克，面色严峻地说：“这是你第一次挑起高级赏金猎人的重任。戴夫的阅历丰富，他身后有多年的经验。”

“我也经验丰富。”里克紧张地答道。

“你执行过的任务，都是戴夫的日程安排不下的。具体把哪些任务转给你，哪些任务由他自己执行，一直都是由戴夫决定的。但现在这六个，都是戴夫决定亲自解决的——其中还有一个竟然先发制人。就是这个。”布赖恩特把笔记转了个方向，让里克也看看。“马克斯·波洛科夫。”布赖恩特说，“这是它自己起的名字。假设戴夫找对了方向。这**整张**单子都是基于这个假设。可是那个修正版的沃伊特·坎普夫量表只考验了头三个，其中两个被戴夫干掉了，然后轮到这个波洛科夫。就在戴夫测试他的时候，波洛科夫拔枪打倒了戴夫。”

“这正好证明戴夫怀疑对了。”里克说。否则他不会被放倒，因为波洛科夫没有动机这么干。

“你立即动身去西雅图。”布赖恩特说，“先别告诉他们。由我来说。听着，”他站起来，冷冷地逼视着里克，“你在那边主持沃伊特·坎普夫测试的时候，要是有真人没能通过——”

“那不可能。”里克说。

“几个星期前我和戴夫聊过这个话题，他也觉得不可能。但我有一份来自苏联警方的备忘录，由华约转发，传达到全球和各大殖民地。列宁格勒的一组心理学家向华约提出动议，要把用来鉴定仿生人的最新、最精确的性格分析工具，也就是沃伊特·坎普夫量表，应用在他们选出的一组人类精神分裂患者身上。就是那些具有所谓‘性格冷漠’特征的人。你应该听过。”

里克说：“这本来就是那套测试所要衡量的特征。”

“那你就明白他们在担心什么。”

“这个问题一直存在，自从我们第一次碰到伪装成人类的仿生人以后。警界的共识，其实早在八年前，卢里·坎普夫的论文里就写了。《未恶化精神分裂患者的角色扮演障碍》。坎普夫比较了人类精神病患者中常见的移情能力衰退现象和表面类似但根本——”

“列宁格勒的那些心理学家，”布赖恩特粗暴地打断了他，“认为有一小部分人类不能通过沃伊特·坎普夫测试。如果你在警察执法行动中测试那些人，你会把他们鉴定成人形机器。等你意识到鉴定错了的时候，他们已经死了。”他安静下来，等待里克回答。

“但那些特定的人，”里克说，“肯定都在——”

“都在精神病院。”布赖恩特同意，“他们不可能在外面的世界正常生活。严重精神病一旦发作，肯定会被别人注意到——当然，除非他们最近刚刚发作，还没人来得及注意。**但这仍然有可能发生**。”

“百万分之一的可能。”里克说。但他明白了。

“戴夫所担心的，”布赖恩特续道，“就是这种新出现的枢纽6

型高级仿生人。如你所知，罗森公司曾向我们保证，说枢纽6型可以用标准性格测试鉴别出来。我们曾经信以为真。但现在，我们不得不自己来判断真伪。我们早就料到会有这一天。你在西雅图的任务就是这个。你明白吗？这事两头都可能出错。如果你的测试不能找出所有人形机器，那就意味着我们没有可靠的分析工具，也就找不到所有逃亡的仿生人。另一方面，如果你把一个真人鉴定成仿生人——”布赖恩特冷冷一笑，“那就尴尬了，虽说没有人会把这种新闻立即公开，罗森的人更不会。事实上，我们可以无限期地把这消息压着。当然，我们需要通知华约，然后他们又会通知列宁格勒。终有一天，这事会在报纸上披露出来，让我们难堪。但那时候我们也许已经开发出更好的测试了。”他拿起电话。“你现在出发吗？开警局的公车，在我们自己的加油站加油。”

里克站起身来，说："我能不能带上戴夫·霍尔登的笔记？我想在路上看一下。”

布赖恩特说："等你在西雅图做完测试再说吧。”里克暗地里注意到，他的口气竟然有些幸灾乐祸。

当他的警用飞车降落在西雅图罗森大楼楼顶时，已经有个年轻女人在那儿等着他了。黑发，瘦削，戴着最新的可过滤尘埃的巨型眼镜，穿着亮条纹长风衣，手插在风衣口袋里。她来到车边，那张轮廓分明的小脸上写满了阴沉和厌恶。

“怎么了？”里克边下车边问。

女孩委婉地答道：“哦，我不知道。也许是电话里他们那种口气吧。没事的。”她突然伸出一只手，他条件反射般地握住了。“我是蕾切尔·罗森。我想你就是德卡德先生。”

“这可不是我的主意。”

“对，布赖恩特局长告诉过我们。但在这里，你就代表旧金山警察局官方，而且你不相信我们的脑单元对公众有益。”她的眼睛透过长长的睫毛——很可能是假睫毛——打量着他。

里克说：“人形机器和其他机器一样，可以在有益和有害之间迅速转换。有益的话，不归我们管。”

“而要是有害，”蕾切尔·罗森说，“你就来了。德卡德先生，听说你是个赏金猎人？”

他耸了下肩，心不甘情不愿地点了点头。

“你直接认为仿生人不是活物，”女孩说，“所以你可以‘关掉’它，像他们说的。”

“你的测试人选都准备好了吗？”他说，“我想——”他突然停了下来。因为，在那一瞬间，他看到了一大群动物。

这么强大的公司，他意识到，当然供得起它们。在意识深处，他可能早就预料到会看到这么多动物。所以他一点也不意外，只感到一丝向往。他默默地离开女孩身边，走向最近的一个笼子。他已经闻到好几种味道了，那些或站或坐的动物，还有那只正在睡觉、看起来像浣熊的家伙。

他这辈子还没亲眼见过浣熊，只从电视上的三维影片里看过。出于某些原因，尘埃对浣熊的打击就像对鸟类一样沉重，几乎没有存活下来的个体。他的第一反应就是掏出那本快翻烂的西尼手册，查看浣熊下面列着的所有价钱。价钱当然是斜体的，就像佩尔什马一样，不管出什么价钱，市面上根本买不到。《西尼目录》只列出了上一次浣熊交易所涉及的价钱。是个天文数字。

"他叫比尔，"女孩在他身后说，"浣熊比尔。去年我们从一个子公司收购来的。"她抬手往稍远处指了指，他这才发现公司的武装警卫正站在一边，手持斯柯达轻型速射机枪，从他下车以后就一直死盯着他。可是，他想，我的车明明带有警车标记。

"仿生人最大的制造商，"他若有所思地说，"把过剩资本投在活体动物身上。"

"看看那只猫头鹰。"蕾切尔·罗森说，"在这边，我帮你叫醒它。"她往远处一个小笼子走去。笼子中央立着一棵带分枝的死树。

世界上已经没有猫头鹰了，他张嘴想说，却没说出来。至少我们都是这么听说的。他想，《西尼目录》把它列为灭绝。那个小小的、精准的标记E，在目录中到处都是。他一面跟着女孩往前走，一面再次确认《西尼目录》的说法。他没记错。西尼从不犯错，他对自己说。这也是我们所知道的事实。除了西尼，我们还能信得过什么？

“是人造的。”他突然醒悟过来，强烈尖锐的失望涌上心头。

“不是。”她微微一笑，洁白的牙齿细密整齐如编贝，与乌黑的眼睫毛和头发交相辉映。

“但《西尼目录》——”他说，举起目录给她看，试图向她证明。

女孩说：“我们不是从西尼买的，也没经过任何中间商。我们所有的动物都是从私人手里购得，价钱从没报道过。”她又补充说，“另外，我们有自己的动物采集师，他们现在在加拿大工作。那里还颇剩一点森林，当然，只是相对来说。至少足够小动物生存，偶尔还能发现一只鸟。”

他伫立不动，久久地凝视着那只正在树枝上打瞌睡的猫头鹰，脑中千头万绪，想起了战争，想起了猫头鹰纷纷从天上掉下来的日子。他还记得童年时，人们发现物种一个接一个灭绝，报纸每天都在报道哪个物种又灭绝了，今天是狐狸，明天是獾，直到人们渐渐对动物讣闻失去兴趣。

他也想起了自己对真实动物的渴求。在他内心深处，对那只电子羊的不满再次凝聚起来。他一直像对待真绵羊一样照顾和关心那只电子羊。被一个死物奴役，他想。它甚至都不知道我的存在。跟仿生人一样，它没有能力理解别的生命存在。他还从没有从这个角度思考过，电子动物与仿生人的相似性。电子羊，他思索，可以看成是仿生人的低端型号，是低劣很多的机器人。或者反过来，仿生人可以看成是高度发达进化的假动物。这两种视角都令他厌恶。

“要是你想卖这只猫头鹰的话，”他问女孩蕾切尔·罗森，“想卖多少钱？首付多少？”

“我们绝不会卖猫头鹰。”她盯着他，眼神里半是怜悯，半是好笑，至少他是这么解读的，“就算我们要卖，你也绝对买不起。你家的动物是什么？”

“是一只绵羊，”他说，“黑脸萨福克母绵羊。”

“哦，那你应该满足了。”

“我确实满足了。”他答道，“只不过我从小一直想要猫头鹰，在它们死绝之前就想要了。”随后他立即改口，“除了你这一只以外，别的都死绝了。”

蕾切尔说：“不管是我们目前的应急措施还是总体规划，都需要另一只猫头鹰来和斯克拉皮交配。”她指了指正在打瞌睡的猫头鹰。猫头鹰稍稍睁了下眼，两道黄色的眼缝一闪而过。随后，它又沉坐回原来的位置，继续安睡，胸脯大幅度起伏了一下，似乎在梦中叹了口气。

他把视线移开。先前的震惊和渴望中混合了太多的苦涩。他说：“我想现在就开始测试你的样本群。我们下楼吧？”

“你上司打来的电话，是我叔叔接的。现在他大概已经——”

“你们是一家人？”里克插话，“这么大的公司居然是**家族**生意？”

她并没有被打断，继续说：“埃尔登叔叔应该已经准备好了仿生人组和对照组。走吧。”她向电梯大步走去，两手再次狠狠地插进大衣口袋里，没有回头看他。他有一丝不快，犹豫了一下之后，才抬脚尾随她而去。

“你对我有什么意见？”两人一起在电梯中下降时，他问道。

她沉思了一下，似乎她自己也不清楚。“哦，”她说，“你，一个小小的警局雇员，现在处于一个独一无二的位置上。知道我的意思吗？”她恶狠狠地横了他一眼。

“你们现在出产的仿生人，”他问，“有多少装备了枢纽6型？”

“全部。”蕾切尔答道。

“沃伊特·坎普夫测试对它们肯定有效。”

“如果无效，我们就必须从市场上撤下所有枢纽6型。”她的黑眼睛里似乎燃起了熊熊怒火，狠狠瞪着他。这时，电梯停止下降，电梯门自动滑开了。“就因为你们警方无能，一点小事都办不好，抓不出那区区几个开小差的枢纽6型——”

电梯外面，一位衣冠楚楚的瘦削老人走上前来，伸出了手。他一脸忧虑，似乎最近所有事都发生得太快了。“我是埃尔登·罗森，”他一边与里克握手，一边自我介绍，“听着，德卡德，你知道我们并不在地球上制造任何东西，对吧？我们不可能随便打个电话给厂房，就要求他们送来一大批各式各样的样品。我们不是不想或不愿意跟你们合作。总之，我已经尽我所能了。”他的左手颤巍巍地插进稀薄的头发。

里克示意了一下手中的警用手提箱，说：“我随时可以开始。”老罗森的紧张情绪，让他的自信心高涨起来。他们怕我，他意外地意识到。包括蕾切尔·罗森。因为我说不定**能**强迫他们停产枢纽6型。我接下去一个小时的工作，将会影响到他们整个运营结构，很可能将决定整个罗森公司的未来，不管是在美国、在苏联，还是在火星上。

罗森家族的两位成员紧张地打量着他。他能感觉到他们热情客套背后的虚伪。他来到这里，给他们带来威胁，随时可能在经济上宣判他们死刑。他们掌握的力量本来就太多了点，他想。这家企业被公认为是太阳系最主要的工业核心之一。仿生人的制造，事实上已经与殖民工作建立了深刻的共生关联，一个事业的毁灭迟早会导致另一个事业的毁灭。罗森公司自然完全明白这个共生关系。埃尔登·罗森一接到哈里·布赖恩特的电话，显然就意识到了这一点。

“我要是你们，我就不担心。”里克说。罗森叔侄带着他走过一条宽敞明亮的走廊。这一刻，他心满意足。比他记忆中的任何时刻都更愉悦。他们很快就会知道他的测试设备能做什么，不能做什么。“如果你们对沃伊特·坎普夫量表没有信心，”他指出，“那你们公司应该早点研发别的测试手段。可以说有一部分责任在你们头上。哦，谢谢。”他们把他带到一个像客厅一样漂亮舒适的小隔间里，有地毯、台灯、沙发，还有其他现代摆设——一张小桌子上散放着近期的杂志……他注意到，杂志里有一本《西尼目录》的二月增刊，这是他没见过的。事实上，二月增刊应该要到三天后才开始发售。显然，罗森公司与西尼公司有特殊关系。

他心烦意乱，拿起了增刊。“这是在践踏公众的信任。没有人可以提前知道价格的浮动。”事实上，这也许违反了某条联邦法律，他想了一会，却想不起来是哪一条。“我要把这个带走。”他打开手提箱，把增刊扔了进去。

沉默了一会，埃尔登·罗森小心地说：“听我说，长官，我们遵循公司规定，从不会主动索取预印——”

“我可不是治安警察。”里克不耐烦地说，“我是赏金猎人。”他从手提箱里取出沃伊特·坎普夫设备，在附近一张红木桌前坐下，开始组装这个简单的波动描记器。“你可以叫第一个测试对象进来了。”他告诉愈发憔悴的埃尔登·罗森。

“我想旁观，”蕾切尔一面说，一面在边上坐下，“我还没见过移情测试。你这些玩意，测的是什么？”

里克说：“这个，”他举起一个带导线的小吸盘，“测量的是脸部毛细血管的扩张。我们知道，人类最原始的自动反应之一，就是对道德震撼的刺激产生所谓‘羞愧’或‘脸红’的反应。这是没法主观控制的，跟皮肤导电性、呼吸或心跳那些现象不一样。”他又举起另一个设备，是个笔形光束手电。“这个能记录眼肌的张缩。在脸红现象发生的同时，我们一般就能检测到细微但是可见的运动——”

“在仿生人身上检测不到这种运动。”蕾切尔说。

“对，它们不会被刺激性问题困扰，即使它们在生物学上是个活体，或者说潜在的活体。”

蕾切尔说：“测测我吧。”

“为什么？”里克糊涂了。

埃尔登抬高了嘶哑的声音：“我们选她作为你的第一个测试对象。她说不定是个仿生人。我们希望你能鉴别出来。”他笨手笨脚地在一边坐下，点燃一支烟，开始全神贯注地观察。

五

一束细细的白光稳稳地射进蕾切尔·罗森的左眼，带导线的吸盘贴在她的脸颊上。她看上去很镇静。

里克·德卡德坐在能同时读到两个设备输出信号的地方，说："我将描述一系列社会情境，你需要对每个情境立即作出反应，越快越好。当然，我也会对你的反应计时。"

"还有，"蕾切尔冷漠地说道，"我的口头回答当然不算数。你只需要计算我的眼肌和毛细血管反应。但我还是会回答。我想要一个完整的经历，还有——"她突然停下。"开始吧，德卡德先生。"

里克先选了第三题："你收到的生日礼物是个小牛皮钱包。"两个指标立即超出绿区，到达红区，指针猛地甩到一边，然后缓缓转回。

"我不会接受。"蕾切尔说，"我还会向警察举报送礼的人。"

里克匆匆记下，然后跳到沃伊特·坎普夫性格量表的第八题："你有一个小男孩，他让你看他收集的蝴蝶标本，还有杀虫罐。"

"我会带他去看医生。"蕾切尔的声音低沉而坚定。这次，两个指标再次有所反应，但没上次强烈。他把这一点也记下了。

"你坐在那儿看电视，"他继续，"突然发现手腕上爬着一只黄蜂。"

"我会打死它。"两个指标这回几乎没反应，只是微微颤抖了一下。他记下这一点，小心地寻找下一题。

"你翻开一本杂志，看到一整页裸女彩照。"他暂停了一下。

"这是在测试我是不是仿生人，"蕾切尔厉声责问，"还是在测试我是不是同性恋？"两个指标都没动。

他继续："你丈夫喜欢那张照片。"两个指标仍然没反应。"这个女孩，"他补充道，"俯卧在一大张美丽的熊皮上。"指标仍然一动不动。他暗忖，典型的仿生人反应，听不出话中的重点是那张死动物皮。她——它——的注意力全集中在别的方面。"你丈夫把照片挂到书房墙上。"他说完了。这时，指针动了。

"我绝不会让他挂上去。"蕾切尔说。

"好，"他点头说，"再考虑一下这个。你在读一本战前写的小说。书中人物去参观旧金山的渔人码头。他们饿了，走进一家海鲜餐馆，其中一人点了龙虾。厨师当着他们的面把龙虾扔进一桶开水中。"

"哦，天哪，"蕾切尔说，"真可怕！战前他们真那么干？太邪恶了！你是说**活**龙虾？"然而，指标没有反应。表面上看反应是正确的，不过是装出来的。

"你租了间山中小屋。"他说，"小屋在一片嫩草地里，由布满节瘤的古朴松木建成，里头还有一个巨大的壁炉。"

"对。"蕾切尔不耐烦地点点头。

"有人在墙上挂了一张旧地图，是卡里尔与艾夫斯出品的。壁炉上方有个鹿头，是头成年雄鹿，长着成熟的犄角。跟你在一起的朋友对房间的装饰赞叹不已，你们一致决定——"

"有那个鹿头在，我不会赞叹。"蕾切尔说。然而，指标只在绿区内晃荡。

"你怀孕了，"里克继续问，"那个男人承诺要娶你。但他跟另一个女人，你最好的朋友，私奔了。你去做了流产，然后——"

"我绝不会去做流产。"蕾切尔说，"而且流产是非法的，会判无期徒刑。警察一直盯着呢。"这一回，两根指针都剧烈晃动，进入了红区。

"你怎么知道——"里克好奇地问，"流产这么困难？"

"人人都知道。"蕾切尔回答。

"听你的口气，似乎有过亲身体验。"他紧紧盯着仪表盘上的指针，发现它们仍然横扫一大片区域。"还有一个问题。你跟一个男人约会，他邀你去他家。到了他家，他给了你一杯酒水。你端着杯子站在客厅里，看到卧室门开着。卧室里的装潢很漂亮，墙上贴着一张斗牛海报。你走进卧室，想看得清楚些。他跟着你进了卧室，关上了门。他环抱住你，说——”

蕾切尔打断他：“斗牛海报是什么？”

“是一种画，通常是彩色的，面积很大，上面画着斗牛士，手挥斗篷，还有一头公牛向他冲去。”他有些困惑，“你多大年纪了？”他问，也许只是年龄的关系。

“我十八岁。”蕾切尔说，“好吧，那个人关上了门，抱住了我，然后说什么？”

里克问：“你知道斗牛的结局吗？”

“我猜有人会受伤吧。”

“最后，那头公牛总是会被杀死。”他等着她的反应，盯着两根指针。它们不停地微微颤抖，但也就那样了。没什么有意义的读数。“最后一个问题，”他说，“分成两部分。你在电视上看一部老电影，战前拍的那种。电影里有个宴会正在进行。宾客们享用着生牡蛎。”

“啊。”蕾切尔说，指针噌一下晃起来。

“主菜是——”他继续，“炖狗肉，肉中间夹着米饭。”指针这回晃得少了些，少于生牡蛎那次。“对你来说，生牡蛎比炖狗肉更容易接受吗？显然不是。”他放下电筒，关掉光束，取下贴在她面颊上的吸盘。“你是个仿生人。”他说，“这就是这次测试的结论。”他正式通知她——或它，还有埃尔登·罗森。老人瞪着他，眼里满是痛苦和焦虑。他脸上的肌肉扭曲蠕动，透出愤怒和担忧。“我说对了，不是吗？”里克说。两个罗森都没答话。“你看，”他通情达理地说，“我们没有利益冲突。对你们来说，沃伊特·坎普夫测试的有效性是非常重要的，对我来说也是如此。”

老罗森这时说：“她不是仿生人。”

“我不相信。”里克说。

“他怎么会说谎？”蕾切尔对里克怒吼，“就算说谎，我们也会反过来说。”

“我要你做一次骨髓分析，”里克对她说，“这样可以从生理上最终判断你是不是仿生人。我承认，这过程很漫长，也很痛苦，但——”

“法律上，”蕾切尔说，“谁也不能强迫我做骨髓检查。那是自证其罪，法庭早有明断。而且，在活人身上——而不是死尸或已被关闭的仿生人身上——这种检查耗时漫长。你们之所以到处应用沃伊特·坎普夫性格测试，是因为有特障人存在。政府需要持续测试特障人，你们警方就趁机乱搞沃伊特·坎普夫测试。不过你有一点说对了。测试到此结束。”她站起身来，踱步走开，两手叉在后腰上，背对着他。

“问题不在于骨髓分析合不合法。”埃尔登沙哑地说，“而在于你的移情测试在我侄女身上失败了。我可以解释为什么她的测试结果像个仿生人。蕾切尔是在萨兰达三号飞船上长大的。她出生在那条船上，头十四年看的是飞船的库藏录像，听的是另外九名成年船员对地球的描述。后来，你也知道，那条前往比邻星的飞船，才走了六分之一路程就调头回来了。否则蕾切尔大概永远也看不到地球——最起码也得等到后半辈子。”

“换一个场合，你也许已经杀了我。”蕾切尔回头说，“如果这是警方的搜捕行动，我已经没命了。四年前我刚来时就知道这个危险。这已经不是我第一次经历沃伊特·坎普夫测试了。其实我很少离开这座楼，因为你们警方为了搜索未分类特障人士所设的随检路障，还有那些防暴警察的楔形战队，都让我害怕。”

“警方这么干，不只是为了搜捕特障人，也是为了搜捕仿生人。”埃尔登补充道，“当然，公众并不知情。老百姓不应当知道仿生人已经来到了地球，就在我们中间。”

“老百姓确实不应当知道。”里克说，“我想，美国和苏联的警方已经抓到了所有仿生人。而且现在的人口已经足够少了，每个人迟早都会碰到一个检查站。”至少，这就是到处设临检的目的。

“如果你把真人鉴定成仿生人了，”埃尔登问，“你上司的指令是什么？”

“那是警方事务。”他开始把测试设备收回手提箱。两位罗森默默地看着他。“很显然，”他补充道，“我得到的指令是取消其他所有测试。我正在奉命行事。只要失败了一次，就没有必要继续了。”他啪一声关上了手提箱。

“我们本来可以作弊，”蕾切尔说，“我们并不一定要承认你把我鉴定错了。另外九个测试对象也一样。”她热忱地挥着手。“我们只需要承认你的所有结果，不管鉴定成什么。”

里克说：“我本来应该坚持先拿到一张清单，上面详细列出测试对象的分类，封装在信封里。然后再拿我的测试结果跟这张单子对比，才能知道一不一致。要统统都一致才行。”不过我现在知道了，他意识到，不可能一致。布赖恩特说得对。感谢上苍，我没有只靠这套测试就跑出去捕猎。

“对，我想你本来应该那么做。”埃尔登说。他瞥了蕾切尔一眼，蕾切尔点了点头。“我们讨论过这种可能性。”埃尔登迟疑地说道。

“这个问题，”里克说，“追根究底来自你们的运营模式，罗森先生。没人强迫你们公司把人形机器研制到这么先进的地步——”

“我们只是制造殖民地需要的东西。”埃尔登·罗森说，“我们遵循的是所有商业机构的普遍原则。如果我们公司不来制造这些越来越像人的机器，行业里总会有别的公司这样做。我们开发枢纽6型时，就知道要冒这个风险。**但你的沃伊特·坎普夫测试，其实在我们发布枢纽6型之前就已经失效了**。要是你这次错把枢纽6型鉴定成真人——可你的错误不是这样的。”他的话音越来越严厉，振聋发聩。“你们警察局——还有其他警察局——也许已经干掉了一些移情能力发育不完全的真人，就像我这个无辜的侄女，而且可能性非常大。你们的处境，德卡德先生，从道德上看极其糟糕。远比我们糟得多。”

“也就是说，”里克敏锐地说道，“你们不会给我机会测试真正的枢纽6型。你们这帮人，一上来就把这个精神分裂的女孩扔给我。”然后我的测试，他意识到，就会全部失效。我不该先测试这个女孩的，他暗忖。不过现在已经迟了。

“你上当了，德卡德先生。”蕾切尔·罗森附和道，话音安静而理智。她转过身来，微微一笑。

直到现在他都想不明白，罗森公司是怎样引他入圈套的，怎么会这么轻而易举。都是些老狐狸，他想。这样的巨型公司内部，饱含太多的经验阅历，简直就像拥有一个群体意识。埃尔登和蕾切尔叔侄，只是后面那个公司实体的代言人。显然，他的错误就是把他们当成独立的个人来看待。他绝不会再犯类似的错误了。

“你的上司布赖恩特先生，”埃尔登说，“将很难理解你怎么会在真正的测试开始之前，就让我们证明了测试无效。”他指了指天花板，里克看到了摄像头。他跟两位罗森打交道时所犯的巨大错误，都被录下来了。“我想，我们现在只有一条路可走，”埃尔登说，“就是坐下来——”他和蔼地做了个手势，“一起商量一下，德卡德先生。没必要担心。枢纽6型仿生人是个既成事实。我们罗森公司已经承认这一点，我想你现在也该承认了吧。”

蕾切尔俯身问里克：“收养一只猫头鹰怎么样？”

“我估计我永远买不起猫头鹰。”不过他知道她的意思，知道罗森公司想做什么交易。一种从未体会过的张力突然涌起，在他整个身体中懒洋洋地爆发开来。那种张力，那种对眼前情境的澄澈明悟，完全占据了他的身心。

“但猫头鹰——”埃尔登说，“正是你想要的动物。”他瞥了侄女一眼。“我觉得他可能不明白——”

“他当然明白，”蕾切尔反驳道，“他完全知道接下去将发生什么。不是吗，德卡德先生？”她再次俯身，靠他更近了，他都能闻到她身上温暖的香水味了。“你就快实现理想了，德卡德先生，你很快就可以拥有猫头鹰了。”她又对埃尔登说，“他是赏金猎人，记得吧？所以他靠赏金生活，而不是工资。对吗，德卡德先生？”

他点点头。

“这次有多少个仿生人逃掉了？”蕾切尔问道。

他立即回答：“八个。本来有八个。有两个已经被干掉了，是别人干的，不是我。”

“每消灭一个仿生人，你能得多少？”

他耸了下肩，“不一定。”

蕾切尔说：“如果你什么测试也不能做，那就找不到任何一个仿生人。如果找不到仿生人，你就得不到赏金。因此，要是沃伊特·坎普夫测试被放弃的话——”

“会有一种新的量表——”里克说，“来取代它。这种事以前发生过。”准确地说，发生过三次。但按以前的情况，旧的测试手段被淘汰之前，新的量表，更现代化的分析设备就已经存在了，没有滞后。这次不一样。

“当然，沃伊特·坎普夫量表总有一天会过时，”蕾切尔赞同道，“但不是现在。我们可以认可这种测试能够鉴别出枢纽6型，我们也希望你在这个前提下继续工作。”她紧抱双臂，身子前后晃动，紧紧盯着他，试图看透他的心意。

“告诉他，他可以拥有那只猫头鹰。”埃尔登咬牙切齿地说。

“你可以拥有那只猫头鹰，”蕾切尔说，仍然盯着他，“就是楼顶上那只。斯克拉皮。但一旦我们找到一只雄猫头鹰，就会把它要回来交配。而且所有后代都属于我们，这一点你一定要明白。”

里克说：“后代我也要一份。”

“不行。”蕾切尔立即说。在她身后，埃尔登·罗森也在摇头支持她。“那样的话，你以后就对猫头鹰的唯一一条血脉拥有永久支配权。还有一个条件。你不能通过遗嘱把猫头鹰转给其他人。一旦你死了，所有权就回到我们公司。”

“这听起来——”里克说，“像在邀请你们来杀我，这样你们就可以立即收回猫头鹰。我不同意。太危险了。”

“你是赏金猎人，”蕾切尔说，“你知道怎么玩激光枪。实际上你现在身上就带着一把。如果你连自己都保护不了，怎么能消灭剩下那六个枢纽6型仿生人？它们可比格罗兹公司的老W4型聪明多了。”

“但那是我在捕猎**它们**，”他说，“而你们搞了这个逆向条款，就会有人来捕猎我。”他一点也不喜欢被人追踪。他看到过仿生人被跟踪的样子。就算是仿生人，遭到跟踪时也会表现出显著的困扰。

蕾切尔说：“好吧，这个我们可以让步。你可以把这只猫头鹰传给后代。但我们还是坚持拥有它所有的后代。如果你连这个也不能同意，那就回到旧金山警察局，告诉你上司，你主持的沃伊特·坎普夫测试区分不出仿生人和真人。然后你就去找别的工作吧。”

“给我点时间。”里克说。

“好，”蕾切尔说，“我们就让你待在这儿吧，这里舒服。”她仔细看了看腕表。

“半个小时。”埃尔登说。他和蕾切尔一前一后安静地走向门口。他们想说的都已经说了，里克意识到。剩下的主意得由他自己拿了。

他们刚走出去，蕾切尔正要顺手把身后的门关上，里克生硬地说："你们设了一个完美的陷阱。我把你鉴定错了，你们偏偏又录下了全过程。你们知道我的工作必须依赖沃伊特·坎普夫测试。而且你们还拥有那只该死的猫头鹰。"

"是你的猫头鹰，"蕾切尔说，"还记得吧？我们会把你的家庭地址系在它腿上，派专机把它送去。你下班回到家就能见到它了。"

它？他想，**她总是把猫头鹰称作"它"**，而不是"她"？"等一下。"他说。

蕾切尔停在门口，问道："你决定了？"

"我想——"他边说边打开手提箱，"再问你一个沃伊特·坎普夫量表中的问题。回来坐下。"

蕾切尔瞥了她叔叔一眼。他点了点头。于是她满腹牢骚地走回来，坐在先前的位置上。"这又是为什么？"她追问道，柳眉厌恶地扬起，充满戒心。他感觉到她的骨骼肌绷紧，出于职业习惯，他立即记下。

他迅速把笔形光束电筒照向她的右眼，把吸盘贴到她的脸颊上。蕾切尔直视着光束，仍然一副极度厌恶的表情。

"我的手提箱，"里克边说边在箱子里摸索，想找到那张沃伊特·坎普夫表格，"很不错，对吧？警用公务箱。"

“哦，哦。”蕾切尔冷淡地说。

“婴儿皮的，”里克说，抚摸着手提箱的黑色表皮，“百分之一百真人婴儿皮。”他看到两个指标疯狂转动，然而，是在短暂迟疑之后。反应虽然来了，但已经太迟了。他对正确的反应时间了如指掌。根本不应该有迟疑。“谢谢你，罗森小姐。”他说，再次把仪器设备收拢起来，“测完了。”

“你要走了？”蕾切尔问。

“对，”他说，“我很满意。”

蕾切尔小心地问：“那另外九个测试对象呢？”

“这个量表对你很管用。”他答道，“我可以由这个结果外推。很显然，这个测试仍然有效。”埃尔登·罗森愁眉苦脸地瘫靠在门边上。里克转身问他：“她自己知道吗？”有时候，仿生人自己并不知道。一直有人尝试为仿生人植入假记忆，希望能借此改变它们对测试的反应，但都没有成功。

埃尔登·罗森说：“她自己不知道。全部记忆都是我们设定好的。不过我想，到头来她还是有所怀疑。”他对女孩说，“他最后说要再测一次的时候，你就猜到了。”

蕾切尔脸色苍白，呆呆地点了点头。

“不用怕他。”埃尔登·罗森告诉她，“你不是非法逃亡到地球上的仿生人。你是罗森公司的财产，用于向潜在的移民客户推销我们的产品。”他走向女孩，安慰地把手放在她肩膀上，但女孩的身子一缩。

“他说得对，”里克说，“我不会消灭你，罗森小姐。再见。”他向门口走去，然后突然停了下来，问他们：“那只猫头鹰是真的吗？”

蕾切尔立即瞥了老罗森一眼。

“他反正要走，”埃尔登说，“没关系了。猫头鹰是人造的。世界上没天然猫头鹰了。”

“嗯。”里克咕哝了一声，麻木地步出门外。罗森叔侄默默地看着他走出去，没再说话。已经没什么好说的了。那么，这就是世界上最大的仿生人制造商的运作方式，里克暗想。那份迂回狡诈，他以前从未碰到过。还有这么一种奇特精密的新性格类型。难怪枢纽6型能让执法机关这么头痛。

枢纽6型。他终于碰到一个了。蕾切尔，他意识到，**她肯定是一个枢纽6型**。她是我见到的第一个枢纽6型。该死，差点就让他们得逞了；他们差点葬送了沃伊特·坎普夫量表——我们目前拥有的唯一能鉴别出它们的方法。在保护自身产品这一点上，罗森公司干得不错——至少是尽力了。

而我，还将面对六个新型号的仿生人，他暗想，在我被干掉之前。

他将赚到所有赏金。每一分钱。

假设他能活到那一天。

六

在巨大空旷的公寓楼里，循着远远传来的电视轰鸣，约翰·伊西多尔缓缓走下满是灰尘的楼梯。他已经能分辨出老友巴斯特的熟悉嗓音——他正快乐地向全太阳系的广大观众聒噪。

“——嚯，嚯，各位！咔哒噗哒噼里啪啦！现在简要介绍明天天气。首先是东海岸。美国曼古斯卫星报告说，放射尘接近中午时会格外严重，然后慢慢减弱。所以想要出门冒险的各位，最好等到下午，嗯？说到等待，现在距离那个大新闻只有十个小时了。那将是我独家曝光的消息！叫你的朋友们也一起看。我的爆料肯定会让你们大吃一惊。现在你们也许以为这只是寻常的——”

伊西多尔一敲门，电视声立即消失无踪。电视不只是安静下来，而且似乎不再存在了，被敲门声吓回坟里去了。

他感觉到门那边除了电视以外，还有生命存在。他超速运转的笨脑子，想象或感觉到一种无形无质的沉默的恐惧。似乎有个人被敲门声轰到了屋子另一端的墙边，只想远远逃掉，离他越远越好。

“你好，”他喊道，“我住楼上。我听到你的电视声了。我们见见面，好吗？”他等了一会，没听到任何声音，任何动作。他的话并没有打动对方。“我带来了一盒人造黄油。”他贴在门上，试图让声音穿越厚厚的房门，“我叫约翰·R. 伊西多尔。我为大名鼎鼎的兽医汉尼拔·斯洛特先生工作，你肯定听说过他。我是个有信誉的人。我有全职工作。我为斯洛特先生开卡车。”

门开了一条缝，他看到房里有个破碎歪斜的身影正在缩小。一个女孩在门后畏缩退避，但仍抓着门，似乎是为了让自己站稳。恐惧令她痛苦，扭曲了她的身体线条，让她看起来就像被人打碎以后，又恶意粘在一起似的。她皮笑肉不笑，巨大的眼睛紧张地盯着他。

他突然明白过来，说："你以为这座楼里没人。你以为是座空楼。"

女孩点了点头，低声说："对。"

“不过，”伊西多尔说，“有邻居是件好事。天哪，你来之前，我连邻居都没有。”那一点也不好玩，上天知道。

“这座楼里除了我之外，”女孩问，“只有你一个？”她胆子大了一些，站直身子，抬手理了理一头黑发。这时，他发现她身材不错，虽说比较娇小。长长的黑睫毛装饰出漂亮的眼睛。这女孩是被突然惊起来的，只穿了一条睡裤，没穿别的。他的目光越过她，看到乱七八糟的屋子，行李箱东一个西一个，里头的东西摊得满地都是。不过这很正常。她才刚到。

“这楼里除了你，只有我一个。”伊西多尔说，“不过我不会打扰你。”他有些闷闷不乐。他的礼物，虽说出于真正的战前旧礼节，却没有被接受。事实上，女孩似乎根本没注意到他的礼物。也许她不知道这盒人造黄油是干吗用的。他有这个直觉，这女孩多半是困惑不解，而不是不懂礼貌。她似乎刚从恐惧的深海中浮上来，正在海面上无助地漂浮打转。“老友巴斯特啊，”他说，试图让她放松下来，“你喜欢他吗？我每天早上都看他，晚上回家还看他。吃晚饭时看着他，然后还看他的深夜节目，直到我上床睡觉。只要电视没坏，就一直看。”

“谁——”女孩刚开口就住了嘴。她猛咬嘴唇，似乎在生自己的气。

“就是老友巴斯特。”他解释说。他觉得很奇怪，这女孩竟然从没听过地球上最搞笑的喜剧节目。“你是从哪儿来的？”他好奇地问道。

“我觉得这并不重要。”她抬眼瞪了他一下。不知她看到了什么，她的顾虑消除了，身体又放松下来。“我很高兴招待客人。”她说，“不过还得等我安置好以后。现在，我当然不可能招待你。”

“为什么不可能？”他糊涂了。她的方方面面都令他困惑。也许，他想，我一个人在这儿住得太久。我已经脱离社会了。他们说鸡头都是这样。这个念头令他更加郁闷。“我可以帮你整理。”他冒险建议，门这时几乎已经关到了他鼻子上。“还可以帮你弄家具。”

女孩说：“我没有家具。所有这些东西，”她指了指身后的房间，“本来就在这里。”

“这些家具不行。”伊西多尔说。他一眼就能看出来。椅子、地毯、桌子，都已经烂掉了，塌陷在共同的废墟中，没人照料维护，被时间的暴力压垮了。这个房间已经很多年没人住了，所有家具几乎都烂完了。他想象不出来她如何在这样的环境里住下去。“听我说，”他热切地说道，“如果我们在楼里到处转转，我可以帮你找些不太破烂的东西。这个房间拿盏台灯，那个房间拿张桌子。”

“我自己来吧。”女孩说，“谢谢。”

“你自己进那些房间找吗？”他觉得不可思议。

“不行吗？”她神经质般地打了个寒战，意识到自己可能又说错了什么，做了个鬼脸。

伊西多尔说：“我试过。只有一次。自那以后，我回来只进自己的房间，不再去想别的。那成百上千的空房间，每一间里都堆满了别人留下的物品。家庭照片或是衣物。死去的人什么都带不走，移民的人什么都不想带。这座楼，除了我的房间以外，已经彻底基皮化了。”

“基皮化?”她莫名其妙。

“基皮就是没用的东西，垃圾邮件啊，空火柴盒啊，口香糖包装纸啊，昨天的报纸啊。周围没人的时候，基皮就会自我繁殖。比如，如果你睡前在房间里留了些基皮，第二天醒来就会发现基皮增加了一倍。基皮总是会越变越多。”

“我明白了。”女孩迟疑地盯着他，不知该不该相信他，一时无法确定他是不是在开玩笑。

“这就是基皮第一定律，”他说，“‘基皮驱逐非基皮’。就像格拉舍姆的劣币驱逐良币定律。那些空房间里头，没有活人在抵抗基皮。”

“所以基皮彻底占领了那些房间。”女孩帮他说完。她点点头，“现在我明白了。”

“你这个地方，”他说，“你挑的这个房间，太基皮化了，没法住人。但我们可以降低基皮因子。就像我说的，我们可以打劫别的房间。但是——”他停下嘴。

“但是什么?”

伊西多尔说:“我们赢不了的。”

“为什么?”女孩来到走廊里，把门在身后带上。她难为情地把双手抱在小巧高挺的胸前，面对着他，渴望理解他的理论。或者说，在他看来是这样。至少她愿意听他说。

“没人能赢基皮。”他说，“只能是短暂的、局部的胜利。像我的房间里，我在基皮和非基皮之间创造了一种平衡。但我总会死去，或者离开，然后基皮又会占据上风。这是整个宇宙中的普适真理。整个宇宙都在向着最终、最绝对的基皮状态演进。”他补充说，“当然，除了威尔伯·默瑟的攀登以外。”

女孩注视着他。“我看不出这有什么联系。”

“可那就是默瑟主义的主旨。”他又一次糊涂了，“难道你不参与融合吗？难道你没有共鸣箱吗？”

女孩迟疑了一会，小心地说：“我没带过来。我以为这里能找到一个。”

“可是共鸣箱……”他激动到开始结巴，“是最私人的东西！那是你身体的延伸，是你接触其他人类的途径，是你摆脱孤独的方式。不过，你当然知道这个。人人都知道。默瑟甚至让我这样的人——”他突然停下来。不过已经迟了，他已经说出来了。他看到她的脸上闪现出一丝厌恶，看来她已经知道了。“我差点就通过了智商测验，”他低低地颤声说，“我并不是极度特障，只是轻度特障，跟你看到的那些不一样。但默瑟一点也不介意这个。”

“就我所知，”女孩说，“那正是反对默瑟主义的一个重要理由。”她的声音清澈中立。他意识到，她只想陈述一个事实，就是她对鸡头的态度。

"我猜我该回楼上去了。"说着他转身离开，手中紧攥的那盒人造黄油已经潮湿软化。

女孩看着他走开，脸上的表情仍然不冷不热。突然，她喊道："等等。"

他转身问道："怎么了？"

"我需要你。帮我弄些家具。从别的房间里搬，就像你说的。"她慢悠悠地走向他，赤裸的上身光洁纤瘦，没有一丝赘肉。"你几点下班？下班后可以过来帮我。"

伊西多尔说："你能不能做晚饭？如果我带配料回来的话。"

"不行，我事情太多。"女孩不费吹灰之力就拒绝了他。他注意到她的轻率，但完全不理解是怎么回事。她最初的恐惧已经消退，另一种什么东西开始浮现出来。另一种更奇怪的东西，拒人于千里之外。一种冷酷。就像行星之间的真空吐出的一口气，不知来自何处。并不是她说了或做了什么，而是她**没**说**没**做的部分。"下一次吧。"说完，女孩转身走向她的房间。

"你记住我的名字了吗？"他热切地说，"约翰·伊西多尔。我的雇主是——"

"你已经说过你的雇主是谁。"她在门边稍作停留，然后边开门边说，"是一个名叫汉尼拔·斯洛特的牛人。我敢肯定，那人只存在于你的想象中。我的名字是——"她冰冷地瞥了他最后一眼，进门之前又犹豫了一下，说："我是蕾切尔·罗森。"

“跟罗森公司有关系吗?”他问,“太阳系最大的人形机器制造商,殖民计划的中坚力量?”

一丝复杂的表情闪过她的脸庞,然后消失无踪。“没关系。”她说,“我从没听过那家公司,也不知道它是干什么的。肯定又是你那个鸡头里无聊的想象,我猜。约翰·伊西多尔和他那只个人的、私有的共鸣箱。可怜的伊西多尔先生。”

“但你的名字好像——”

“我的名字,”女孩说,“叫普里斯·斯特拉顿。这是我婚后的名字,我一直用这个名字。我只用普里斯,不用别的名字。你可以叫我普里斯。”她想了想,又说,“不行,你最好叫我斯特拉顿女士。因为我们互相不怎么认识。至少我不认识你。”门在她身后关上了。他又独自一人站在满是灰尘的昏暗走廊里。

七

看来也就这样了，约翰·伊西多尔想，仍然紧攥着那盒已经软绵绵的人造黄油。也许她会改变主意，让我叫她普里斯。如果我能带回来一个战前的蔬菜罐头，她也许会做顿晚餐。

但她可能不会做饭，他突然想到。好的，我来做，我来为我们俩准备晚餐。我可以教她，让她将来想做饭时就能做。一旦我教会了她，她很可能就想做了。就我了解，多数女人，就算像她这么年轻的女人，也会喜欢做饭。这是本能。

他爬上灰暗的楼梯，回到自己房间。

她脱离世事太久了，他一边穿上白色工作服一边想。就算他再赶，也肯定要迟到了，斯洛特先生肯定会生气。但那又如何？比如说，她从没听说过老友巴斯特。这不可能。巴斯特是所有活人里头最重要的人物，当然，除了威尔伯·默瑟以外……但是默瑟，他想，不是人类。他是来自群星的一种原型实体，借一个全宇宙通用的样板叠加在我们的文化上。至少我听别人是这么说的，比如斯洛特先生就是这么说的。而汉尼拔·斯洛特先生什么都知道。

她说自己的名字都会前后矛盾，这挺奇怪，他琢磨着。她也许需要帮助。我能给她什么帮助？他自问。一个特障人，一个鸡头，我知道什么？我不能结婚，不能移民，最终会被放射尘弄死。我提供不了任何东西。

穿戴整齐，可以出发了。他离开房间，爬上屋顶。他那辆破旧的老飞车正在那儿等着他。

一个小时后，他已经开着公司的卡车收取了今天第一只出故障的动物，一只电子猫。它躺在车后厢那个防尘的塑料提笼里大口喘气。你几乎都要以为那是一只真猫了。

伊西多尔驾车开往范尼斯宠物医院。这家取了个漂亮假名字的小小公司，在竞争残酷的假动物修理行业苟延残喘。

那只猫痛苦地呻吟了一声。

哇，伊西多尔惊叹了一声。听起来它像真的就要死了。也许它体内十年老的电池发生了短路，所有线路都已烧坏。这是个大活儿。米尔特·波洛格罗夫，范尼斯宠物医院的修理工，有的忙了。我应该给猫主人估个价，伊西多尔郁闷地想到。那家伙径直把猫塞给我，说它昨晚就坏了，然后就赶去上班了。总之，短暂的交谈突然就结束了。猫主人驾驶着最新型号的漂亮飞车轰然升空。那人就成了一个新客户。

伊西多尔对猫说："你能不能挺到店里？"猫继续呼哧呼哧喘气。"我在路上先给你充充电吧。"伊西多尔决定。他把卡车降到最近的一个屋顶上停好，没关引擎，然后爬到后厢里，打开那个防尘塑料提笼。那个提笼和他自己的白色工装，再配上车身上的医院名字，看上去完全就像一个真的兽医在收治真的动物。

它那几可乱真的灰色表皮下，某些电子机制正在咕咕作响。它的嘴边吹出泡沫，视频头假眼里目光呆滞，金属爪子交互卡住。他一直觉得这很不可思议，这些假动物内置的"疾病"电路。他手中这个东西，如果其中一个主要部件出错，整个东西就表现得——不是坏了——而是真的病了。至少能骗过我，伊西多尔一边想，一边在假肚毛下摸索那个隐藏的控制板（这类小动物身上的控制板总是非常小），以及快速充电接口。但怎么也找不到。他没有很多时间慢慢找，这家伙快要彻底崩溃了。如果是短路，那么，电流正忙着在里头烧电路，也许我该把电池导线拆掉一根。这样，机器会关掉，但不会造成更大损坏。等到了店里，米尔特可以再把电池连上。

他熟练地顺着它的假脊梁摸索。电池线应该就在那儿附近。该死，这东西的做工精细得要命，简直是巧夺天工。就算仔细查看，也找不出电池线在哪儿。一定是惠尔赖特·卡彭特公司的产品。那个牌子很贵，但看起来物有所值。

他放弃了。假猫已经不再动弹。显然，如果短路是致病原因的话，内部供电系统和动力装置已经彻底烧坏了。这可亏大了，他悲观地想。那家伙显然没有去做每年三次的清洗润滑，不然不会这样。也许这次能给他好好上一课。

他爬回驾驶座，把轮子打回爬升挡，再次腾空而起，继续飞往修理店。

不管怎样，不用再忍受那种折磨神经的喘息了，他可以放松一些。滑稽的是，他想，虽然我明知这是一只假动物的动力装置和供电系统坏了，但一听到它的假声音，我胃里仍然会打结。我多希望，他痛苦地想，能找到别的工作。要是我能通过智商测验，就不会被发配来做这种附带情感折磨的丢脸工作。可是，米尔特·波洛格罗夫和他们的老板汉尼拔·斯洛特，就从来不会为假动物的假痛苦而操心。所以，也许是我的问题，约翰·伊西多尔对自己说。也许，当你在进化阶梯上往后退化——像我一样，沉沦到坟墓世界的特障人泥沼里——唉，最好别往下想了。把当前的智力与先前的智力作对比，最能让他感到沮丧。他每天都会损失一点聪明，一点干劲。他和地球上成千上万的其他特障人一样，慢慢地灰飞烟灭，慢慢地变成活着的基皮。

为了轰走寂寞，他打开了车内收音机，调到老友巴斯特的节目。音频版和电视版内容不一样，但也是每天温暖地持续二十三个小时……剩下的一个小时包括停止广播前的宗教仪式，然后是十分钟静默，然后是开始广播前的宗教仪式。

“——欢迎回到我们的节目，”老友巴斯特说，“让我们来看看，阿曼达，我们上次采访你已经是两天前的事了。开始拍什么新片了吗，亲爱的？”

“哦，我昨天本来要拍片的，可是他们要我七点开始——”

“早上七点？”巴斯特插问。

“对，**没错**，巴斯特，早上七点。”阿曼达·沃纳大笑起来。她的笑声太有名了，跟巴斯特的声音一样被广泛模仿。阿曼达·沃纳和其他几个美丽优雅、长着标准圆锥乳房、来自一些没听说过的国家的女士，还有几个乡下来的所谓滑稽演员，构成了巴斯特节目永恒的嘉宾表。像阿曼达·沃纳这样的女人，从没拍过电影，也从来不演戏。她们只是在巴斯特的永恒节目中过着古怪华丽的生活。伊西多尔有次算过，阿曼达在节目中每周出现多达七个小时。

老友巴斯特从哪儿找出这么多时间来录制语音和视频节目的？伊西多尔琢磨着。阿曼达·沃纳又是怎么找出这么多时间，每两天上一次节目，月复一月，年复一年？他们怎么会有这么多话说？而且从不重复。至少他觉得没重复过。他们的评论总是那么机智，那么新鲜，不需要排练。阿曼达，长发飘啊飘，眼睛闪啊闪，牙齿亮啊亮。她从不退让，从不疲倦，与尖酸刻薄的巴斯特斗嘴时从不落下风。老友巴斯特的节目通过卫星向全球直播，也向各殖民行星转播。他们甚至试过往比邻星发射信号，因为人类的殖民队伍说不定能走那么远。要是萨兰达三号飞船真的飞到了目的地，发现老友巴斯特的节目已经在那儿等着他们了，他们肯定会高兴的。

但老友巴斯特有一点让约翰·伊西多尔很恼火。巴斯特常常会用微妙曲折的方式来嘲讽共鸣箱。一而再，再而三。事实上，他现在就在嘲讽。

“——我可从没挨过石头，”巴斯特喋喋不休地对阿曼达·沃纳说，“而且，如果我去爬山，我会带上两瓶百威啤酒。”摄影棚内的观众哄堂大笑，伊西多尔还听到了零星的掌声。“我会在山顶播出那条精心制作的新闻，爆料还有十个小时就开始了！”

“还有我，亲爱的！”阿曼达叫起来，“带我一起去吧！要是有人向你扔石头，我来保护你！”观众再次大笑。约翰·伊西多尔心烦意乱，一股无能为力的怒火从他后脖上慢慢爬起来。为什么老友巴斯特老是取笑默瑟主义？好像没有别人介意默瑟主义，甚至联合国也认可它。就连美国和苏联警方，都公开宣称默瑟主义能降低犯罪率，因为公民会对旁人经受的苦难更加感同身受。联合国秘书长泰特斯·科宁也反复宣称，人类需要更多的移情。也许巴斯特是出于嫉妒，伊西多尔猜想。当然，这就可以解释了，他和威尔伯·默瑟是竞争关系。可是，争夺什么呢？

争夺我们的思想，伊西多尔断定。他们彼此争斗，是为了控制我们的心灵。一边是共鸣箱，另一边是巴斯特粗野的笑话和笑声。我要跟汉尼拔·斯洛特说一下，他决定。问问他是不是这样。他从来都知道答案。

他在范尼斯宠物医院的楼顶停好车之后，迅速拎着塑料笼子下楼，来到汉尼拔·斯洛特的办公室。笼子里的假猫已经一动不动了。他进门的时候，斯洛特先生从一张备件存货表上抬起头来。他满是皱纹的灰白脸上波纹起伏，就像被搅起来的浑水。汉尼拔·斯洛特已经老到不能移民，虽然不是特障人，但也只能慢慢老死在地球上了。这么些年以来，放射尘已经侵蚀了他，令他肤色灰暗，思想也灰暗。他的形容越来越枯槁，双腿越来越纤细，步履越来越蹒跚。他透过那副积满灰尘的眼镜看世界。出于某些原因，斯洛特从不清洗眼镜，就像是彻底放弃了。他接纳了放射尘，而放射尘也在很久以前就开始工作，慢慢地把他埋葬。尘埃已经弄糊了他的视线，在他生命余下的几年里，还会慢慢打垮他的其他感官，直到他只剩下那个鸟鸣般的声音。最终，连这个鸟鸣般的声音也会消失。

“你手里是什么？”斯洛特先生问。

“供电系统短路的猫。”伊西多尔把笼子放在老板满桌的文件旁边。

“为啥给我看？”斯洛特命令，“拿到车间去给米尔特。”不过，出于条件反射，他还是打开笼子，把假动物取了出来。他也曾是修理工，很优秀的修理工。

伊西多尔说："我觉得老友巴斯特和默瑟主义在争夺我们心灵的控制权。"

"要真是那样，"斯洛特一边检查那只猫，一边说，"巴斯特占了上风。"

"他现在占上风，"伊西多尔说，"但最终还是会输掉。"

斯洛特抬起头盯着他。"为什么？"

"因为威尔伯·默瑟日久常新。他是永生的。到了山顶，他会被打回山下，沉沦到坟墓世界，但最终又会再爬上来。我们也跟着他一起上来。所以，我们也是永生的。"他感觉自己说得好极了。在斯洛特身边，他本来经常结巴。

斯洛特说："跟默瑟一样，巴斯特也是永生的。没有区别。"

"他怎么会永生？他是人类。"

"我不知道，"斯洛特说，"但就是那样。当然，他们从没承认过。"

"这就是老友巴斯特一天能制作四十六小时节目的秘诀？"

"正是。"斯洛特说。

"那么，阿曼达·沃纳和节目里其他那些女人？"

"她们也都不死。"

"他们都是从别的星系来的超级生命形式？"

“这个我一直没搞清楚。”斯洛特先生说，一边仍在检查那只猫。他取下覆满灰尘的眼镜，用肉眼仔细研究半张的猫嘴。“不像威尔伯·默瑟那么容易搞清。”他的声音低到几乎听不见。然后，他突然骂出声来，污言秽语几乎持续了整整一分钟。“这只猫，”他最后说道，“不是假的。我知道这一天迟早会来。它死了。”他低头瞪着猫尸，又开始骂街。

身材健壮、皮肤粗糙的米尔特·波洛格罗夫出现在办公室门口，系着一条肮脏的蓝色帆布围裙。“怎么了？”他问。刚走进办公室，他就看到了那只猫，便随手把它捡了起来。

“这个鸡头——”斯洛特说，“带回来的。”他以前从未当着伊西多尔的面说过鸡头这个词。

“要是还活着，”米尔特说，“我们还可以带它去看真的兽医。不知值多少钱。谁手上有《西尼目录》？”

“你……你……你的……的保险，能不能赔……赔……赔偿？”伊西多尔问斯洛特先生。他的腿开始颤抖，眼前的房间开始变色，一片暗褐色上面点缀着许多绿色斑点。

“能。”斯洛特终于半吼道，“我难过的是浪费了一条命。我们又失去了一只活生生的动物。你难道看不出来它是活的吗，伊西多尔？你没**注意到**这里的区别吗？”

“我以为，”伊西多尔勉强地说，“这是个做工精致的假货，精致到把我都骗过去了。我是说，它看起来活生生的，这么像真的——”

“我觉得伊西多尔看不出区别。”米尔特温和地说道，“对他来说，这些都是活的，连假动物都是活的。他可能还试过把它救回来。”他问伊西多尔：“你都试过什么？给它的电池充电，还是寻找短路的根源？”

“都……都……都试过。”伊西多尔承认。

“它很可能已经病得太重，怎么都救不回来了。”米尔特说，“不要怪鸡头了，汉[1]。他有一点说得对，假动物现在做得太像真的了，尤其是那些新型号内置的什么疾病线路。而且，活的动物也会死，这是养动物要冒的风险之一。我们只是不习惯而已，因为我们只跟假动物打交道。”

“太他妈浪费了。”斯洛特说。

“根据默……默瑟的教导，”伊西多尔指出，“所……所有的生命都会回来。动……动……动物也有完……完……完整的循环。我是说，我们都随默瑟一起攀登，死去……”

“跟猫主人说这个去。”斯洛特先生说。

伊西多尔不确定老板是不是认真的。“你是说，必须由我来说？可是视频电话从来都是你应付的。”他对视频电话有种莫名的恐惧，觉得跟陌生人讲电话几乎是不可能的事。斯洛特先生当

1 汉尼拔的简称。——编者

然也知道这一点。

“别逼他。”米尔特说，“我来吧。”他把手伸向电话。“他的号码是多少？”

“在我口袋里。”伊西多尔在工作服的众多口袋中翻找。

斯洛特说：“我要鸡头自己来打电话。”

“我不……不……不能打视频电话，”伊西多尔抗议道，心头狂跳，“因为我全身是毛，又丑又脏又驼背，牙齿七歪八斜，还是难看的灰色。还有，我害怕电话的放射线。我会死的。”

米尔特微笑着对斯洛特说：“我想，要是我跟他有一样的感觉，我也不敢打视频电话。好了，伊西多尔，如果你不给我猫主人的号码，我就打不了。那样的话，就只好由你来打了。”他亲切地伸出手。

“鸡头来打电话，”斯洛特说，“不打就开除。”他没看伊西多尔，也没看米尔特，而是木然地直视前方。

“噢，得了吧。”米尔特抗议道。

伊西多尔说：“我不……不……不喜欢你叫……叫……叫我鸡头。我是说，尘……尘……尘埃对……对……对你的身体也有很大影响。虽然你的脑子没……没……没受影响，跟我……我不一样。”我被开除了，他意识到。我打不了这个电话。这时，他突然想起来，猫主人飞奔去上班了，家里没人。“我猜……猜我可以打电话给他。”他说，终于把带号码的标签摸了出来。

“看见没？”斯洛特先生对米尔特说，“他不得不干的时候，就能行。”

伊西多尔坐到视频电话前，拿起话筒，开始拨号。

“对，”米尔特说，“但你不应该强迫他。而且他说得对，尘埃对你也有影响。你都快瞎了。再过两年，你连听都听不到了。”

斯洛特说：“你也逃不了，波洛格罗夫。你的皮肤颜色跟狗屎一样。”

屏幕上出现了一张脸，是个一脸小心的中欧女人，头上梳着一个紧紧的发髻。“喂？”她说。

“皮尔森太……太太？”伊西多尔说，恐惧感涌上全身。他倒是没想到，猫主人还有个妻子，而她当然在家。“我需要跟你说一下，你的姆……姆……姆……姆……姆……”他停住嘴，按摩了一下脸上痉挛的肌肉，“你的猫——”

“哦，对，你带走了霍勒斯。”皮尔森太太说，“到底是不是肺炎？皮尔森先生觉得像肺炎。”

伊西多尔说：“你的猫死了。”

“啊，不！老天！”

“我们会给你换一只猫。”他说，“我们有保险。”他看了眼斯洛特先生。他好像同意了。“我们公司的老总，汉尼拔·斯洛特，”他慌张地说，“会亲自——”

“不，”斯洛特说，“我们给他们开张支票。按《西尼目录》

的价格。”

“——会亲自为您选只猫来替换。”伊西多尔发现自己仍然没停嘴。他本来忍受不了这个对话，但一开口就收不回来了。他所说的话拥有强大的内在逻辑，没法半路刹住，只能慢慢停在自己想停的地方。斯洛特先生和米尔特·波洛格罗夫一起目瞪口呆地看着他滔滔不绝。“告诉我们你想要什么样的猫。颜色、性别、子类，比如，曼克斯猫、波斯猫、阿比西尼亚猫——”

“霍勒斯死了。”皮尔森太太说。

“他患了肺炎，”伊西多尔说，“送来医院的途中死去了。我们的高级主治医生，汉尼拔·斯洛特大夫，认为他已经救不回来了。但我们会为您换一只猫，皮尔森太太，这不是很幸运吗？对不对？”

皮尔森太太满眶泪水地说：“可是霍勒斯只有一个。他以前——还是小猫咪的时候——曾经站在那儿，抬起头盯着我们，似乎在问什么问题。我们一直没弄明白是什么问题。也许现在他知道答案了。”新的眼泪又上来了，“我猜我们终有一天也会知道答案。”

伊西多尔突然福至心灵，“要不，我们给您换一只完美的电子复制品？我们可以让惠尔赖特·卡彭特给我们手工制作一只电子猫，身上的所有细节都跟原来那只猫一模一样——”

“啊，太恶心了。”皮尔森太太抗议道，“你在说什么啊？不要跟我先生说这个。你要是敢提一个字，埃德肯定就会气疯。他热爱霍勒斯，远超过他以前的任何一只猫。他从小就一直养猫的。”

米尔特从伊西多尔手里接过话机，对那女人说：“我们可以按《西尼目录》的价钱，给您开张支票。或者像伊西多尔先生建议的那样，帮您挑只新猫。您的猫死了，我们很遗憾。但是，正像伊西多尔先生指出的，那只猫得了肺炎，而肺炎几乎总是致命的。”他专业的语调不愠不火。范尼斯宠物医院这三个人里，米尔特的电话沟通能力最出色。

“我没法告诉我先生。”皮尔森太太说。

“好的，太太，”米尔特说，微微苦笑了一下，“我们来告诉他。能不能把他公司的电话号码告诉我？”他伸手去摸笔和便笺纸。斯洛特先生把纸笔递给了他。

“等等，”皮尔森太太说，好像突然振作起来了，“也许刚才那位先生说得对。也许我应该让你们制作一个霍勒斯的电子替代品，但不能告诉埃德。能不能做得跟真的一模一样，让我丈夫看不出区别？”

米尔特狐疑地说：“如果你想要的话，我们可以制作。但根据我们的经验，那永远骗不过原主人，最多只能骗骗偶尔的旁观者，比如邻居。你想，一旦你跟假动物亲密接触——”

“埃德跟霍勒斯没有那么多亲密接触，虽然他爱霍勒斯。霍勒斯的所有个人需求都由我照料，像沙箱什么的。我想我愿意试试假猫。如果不灵的话，你们再帮我们找只真猫来代替霍勒斯。我只是不想让我丈夫知道，因为他一旦知道，可能就活不下去了。那正是他不愿接近霍勒斯的原因。他害怕。当霍勒斯病倒的时候——按你们说的，是肺炎——埃德惊慌失措，不敢面对。这就是为什么我们拖了这么久才打电话给你们。太久了……你打这个电话来之前我就知道。我早知道。”她点点头，控制住了眼泪，“需要多长时间？”

米尔特算了一下。“我们十天之内可以做好。到时候我们趁你丈夫白天上班的时候给你们送上门去。”他结束了讨论，道别之后，挂上电话。“他肯定看得出来。”他对斯洛特先生说，“只需要五秒钟。但那是她的要求。”

“家里有真动物可以爱的人，”斯洛特阴沉地说，“都会有精神崩溃那一天。幸亏我们通常不需要应付真动物。你们知道，真正的兽医院每天都要打这种电话。”他若有所思地看着伊西多尔。“看来你有时候也没那么笨，伊西多尔。刚才的电话应付得不错，虽然最终还是要靠米尔特接手搞定。”

“他干得不错。”米尔特说，“老天，那个电话真不容易。”他拾起死去的霍勒斯。“我把这个带去车间。汉，你打电话给惠尔赖特·卡彭特吧，让他们的人过来测量和拍照。我不会让他们把猫带回他们店里。我要亲自对比原件和复制品。”

“我还是想让伊西多尔跟他们说，”斯洛特先生决定，“这事儿是他开的头。他既然能应付皮尔森太太，应该也能对付惠尔赖特·卡彭特。”

米尔特对伊西多尔说：“不要让他们拿走原件就行了。”他举起霍勒斯，“他们一定想要原件，因为这样他们工作起来就会容易很多。你决不能让步。”

“嗯，”伊西多尔眨眨眼，“好吧。也许我现在就应该打电话给他们，以免尸体腐烂。死尸会腐烂的，对吧？”他得意扬扬起来。

八

赏金猎人里克·德卡德回到旧金山伦巴底街的执法部，把警局配发的超强高速飞车停在楼顶，然后拎着手提箱来到了哈里·布赖恩特的办公室。

“你回来得也太快了。”他的上级后仰在椅中，捻了撮特种一号鼻烟。

“我拿到了你想要的东西。”里克在桌子对面坐下，放下手提箱。我真的累了，他意识到。回来了，所以开始感到疲倦。他不知道自己是否还能恢复点精力来应付后头的工作。“戴夫怎么样了？”他问，“好些了吗？我能不能跟他谈谈？在追捕仿生人之前，我想跟他谈一下。”

布赖恩特说：“你可以先试试波洛科夫。就是撂倒戴夫的那个。最好立即抓到他，因为他已经知道我们在找他。”

“在我跟戴夫交谈之前就动手？”

布赖恩特伸手递过来一张复写纸，也不知是第三手还是第四手的复印资料。“波洛科夫为市政府工作，是一个垃圾收集工，捡破烂的。”

“不是只有特障人才做那种工作吗？”

“波洛科夫伪装成一个特障人，一个蚂蚁头，极端退化的那种——他伪装成退化的样子。戴夫就是因此上了当，波洛科夫的言行十足十像个蚂蚁头，以致戴夫忘了他是仿生人。你确信沃伊特·坎普夫量表有效吗？根据西雅图的测试，你有绝对的把握吗——”

“有。”里克简洁地说，一点也不夸张。

布赖恩特说：“我相信你。但不能有一点点闪失。”

“捕猎仿生人从来就不能有闪失。这次也一样。”

“枢纽6型不一样。”

“我已经找到了我的第一个枢纽6型，”里克说，“戴夫找到了两个。如果算上波洛科夫，是三个。好吧，我今天先去消灭波洛科夫，晚上或明天再去找戴夫谈。”他伸手去拿那张已经被摸得笔迹模糊的波洛科夫资料。

“还有一件事。”布赖恩特说，“有个来自华约的苏联警察，正在赶过来。你在西雅图的时候，我接到了他的电话。他乘坐的是苏联民航局的火箭，一个小时后会降落在这里的公共机场。他的名字是山多尔·卡达尔依。”

“他想干什么？”华约的警察极少出现在旧金山。

“华约对枢纽6型很有兴趣，想要他们的人跟着你，作为观察者。如果需要，也能从旁协助。由你来决定什么时候用他，或者用不用他。不过，我已经批准他跟着你行动了。”

“那么赏金呢？”里克说。

“不用分给他。”布赖恩特说，嘎嘎笑起来。

“我只是觉得财务上有点不公平。”他绝对没有跟华约来的家伙分钱的意思。他研究了一下波洛科夫的资料，上面有这个人——应该说是仿生人——的详细描述，当前的地址和工作单位：湾区清洁公司，在吉尔里地区有分部。

“要不要等那个苏联警察来帮你干掉波洛科夫？”布赖恩特问。

里克大怒。“我从来都是单干。当然，这取决于你的决定——你说怎样就怎样。我是宁可现在就去对付波洛科夫，不想等到卡达尔依光临了。”

“那你自己去吧。”布赖恩特作了决定，“然后下一个目标，鲁芭·勒夫特小姐——你那边也有她的资料——到时你可以带上卡达尔依。”

里克把那叠资料塞到手提箱里，离开老板的办公室，再次爬到楼顶，来到他的飞车边。现在，我们去拜访波洛科夫先生，他对自己说，拍了拍激光枪管。

为了寻找仿生人波洛科夫，里克停留的第一站是湾区清洁公司的办公室。

“我找你们的一个雇员。”他告诉那个面色冷峻的灰发女接线员。这栋高大现代的办公楼让他印象深刻。楼里有许多光鲜体面的纯办公室职员。厚重的地毯和昂贵的真木桌都让他意识到，大战以来，垃圾收集处理已经成为地球上最重要的行业之一。整个地球已经开始崩裂成一个大垃圾场。为了让剩下的人居住，就得时不时有人把垃圾运走……或者，就像老友巴斯特喜欢说的，地球会被一层东西埋葬——不是放射尘，而是基皮。

“阿克斯先生——”女接线员告诉他，“是人事经理。”她指向一张醒目的仿橡木桌子。桌前坐着一个矮小刻板的眼镜男，正把头埋在堆成山的文件中。

里克出示了警徽。“你们的雇员波洛科夫现在在哪里？在工作还是在家？”

阿克斯先生老大不情愿地查了一下记录，说："波洛科夫现在照理在工作。在我们的戴利处理厂，他负责把废旧飞车压扁，丢到海湾里。不过——”人事经理又查了一份文件，然后打了个内部视频电话给楼里的另一个什么人。“这么说，他不在。”他挂掉电话，对里克说："波洛科夫今天没来上班。没给理由。他干了什么，警官？”

“如果他来上班，不要告诉他我来这里找过他。明白吗？”

"是，我明白。"阿克斯生气地说，像是觉得为警察事务保密是理所当然的，里克不该这么冒犯他。

里克驾驶着超强警车飞向田德隆区，来到波洛科夫的公寓楼。我们抓不到他了，他想。他们——布赖恩特和霍尔登——行动太迟了。布赖恩特不该让我先去西雅图，应该先来抓波洛科夫——其实最好是昨天晚上，戴夫·霍尔登一倒下，就该让我来的。

好肮脏的地方，他边观察边穿过楼顶走向电梯。到处是废弃的动物窝棚，积了不知多少个月的灰尘。有个笼子里还有一只坏掉的假动物，是只鸡。他乘电梯下楼，来到波洛科夫所在的那一层，找到走廊入口，发现那儿简直像个地下洞穴。他打开警用核能聚光灯手电，照亮了走廊，又扫了一眼手中的复写纸。波洛科夫**已经**被沃伊特·坎普夫测试考倒了，这一步可以跳过。他可以直接执行消灭仿生人的任务。

最好在这里解决他，他决定。他放下武器箱，摸索着打开，取出一台无向彭菲尔德电波发射器。他敲入指令强直昏厥的代码，自己躲在发射器的反相波保护壳后面，以免被情绪广播击中。

他们现在都动弹不得了，他一边关掉发射器，一边想。每个人，不管是真人还是仿生人，只要在这附近，都逃不过。我不用冒一点险，只需要大摇大摆走进去，拿出激光枪干掉他。当然，前提是他还在房间里，不过可能性不大。

他的万能钥匙能自动分析和打开所有类型的锁。他手执激光枪，进入波洛科夫的房间。

没有波洛科夫。只有腐败的家具，这是个被基皮统治的地方。实际上，没有一点个人物品，只有波洛科夫搬进来之前就待在这里的垃圾。他走了以后，原封不动地把这些垃圾留给了下一任住客——如果还有下一任的话。

我就知道，他想。那么，头一千块赏金没了。可能早已跑到南极圈去了。不在我的辖区。另一个警察局的另一个赏金猎人将干掉波洛科夫，然后领取这笔赏金。这下只能去找那些还没得到预警的仿生人了。下一个是鲁芭·勒夫特。

他回到楼顶的飞车里，打电话向哈里·布赖恩特汇报。“找不到波洛科夫。可能他一打倒戴夫就跑了。”他看了下表，“需要我去机场接卡达尔侬吗？这样能省点时间，我巴不得现在就去找勒夫特小姐。”他已经把她的资料摊在面前，开始仔细研究。

“好主意，”布赖恩特说，“不过卡达尔侬先生已经到了。他说他的民航火箭一如既往地提前抵达了。稍等一下。”他在画面外跟别人谈了一会。“你在那儿别动，他飞过去跟你会合。”布赖恩特回到屏幕前说，“与此同时，好好研究勒夫特小姐。”

“是个歌剧演员。声称来自德国。目前服务于旧金山歌剧公司。”他条件反射般地点着头，全副心思都在资料上。“这么快就能打通这些关系，她的嗓子肯定特别好。好吧，我就在这里等卡达尔依。”他把地址告诉了布赖恩特，然后挂掉电话。

我就伪装成歌剧迷吧，里克边读资料边决定。我特别想看她出演《唐璜》里的唐娜·安娜。我的个人收藏里有许多旧时代的巨星，像伊丽莎白·施瓦兹科普夫、洛特·莱曼和丽莎·黛拉·卡萨。这样，在我装配沃伊特·坎普夫设备的时候，就有话题可聊。

电话响了。他拾起话机。

局里的接线员说：“德卡德先生，西雅图来的电话。布赖恩特先生说转给你。是罗森公司。”

“好的。”里克说，等着电话接通。他们想要什么？他揣测着。就他所知，罗森家族已被证实代表坏消息。毫无疑问，接下去不管他们要什么，都不会是好消息。

蕾切尔·罗森的脸出现在小小的屏幕上。“你好，德卡德警官。”她的声音有些讨好的意味，他一下子就注意到了，“你现在忙吗，方不方便说话？”

“说吧。”他答道。

“我们公司讨论了你们追捕逃亡枢纽6型的事情。基于对这些仿生人的了解，我们觉得，如果让我们辅助你，你的工作会更顺利。”

“怎么辅助？”

“这样，我们会派个人跟你一起去寻找它们。”

“为什么？你们能帮什么忙？”

蕾切尔说：“枢纽6型觉察到有真人接近的时候，会很警觉。但要是由另一个枢纽6型跟它们接触——”

“你是说，你自己。”

“对。”她点点头，面容沉静。

“我已经有太多人帮忙了。”

“但我真的觉得你需要我。”

“我很怀疑。我想想再给你回电。”在遥远未来的某个不确定的时刻，他想。或者永不回电。这是最坏的情形了：每一步工作，都有蕾切尔·罗森从尘埃里突然跳出来。

“你言不由衷。”蕾切尔说，“你永远不会回电。你不知道那些逃亡的枢纽6型是多么灵巧，多么难抓。我们觉得欠了你的，因为——你知道，我们先前的行为。”

“我会好好考虑一下。”他正要挂掉电话。

“若是没有我，”蕾切尔说，“它们总有一个会在你动手前，先把你干掉。”

“再见。”他挂掉了电话。这是什么世道，他想，一个仿生人打电话给一个赏金猎人，要求帮助他捕猎别的仿生人？他又打电话给局里的接线员。“不要再把西雅图的电话转给我。”他说。

“好的，德卡德先生。卡达尔依先生找到你了吗？”

“我还在这儿等他。他最好快一点，因为我不会等很久。”他又挂上了电话。

他正要回头研究鲁芭·勒夫特的资料，一辆出租飞车盘旋着降落到楼顶，停在离他几码远的地方。车里爬出一个胖乎乎的红脸男子，大概五十多岁，穿着醒目的俄式大外套。他一脸笑容，伸出手快步走向里克的车。

“德卡德先生吗？”他带着斯拉夫口音问，“旧金山警察局的赏金猎人？”空出租车缓缓升起，苏联人心不在焉地目送它离去。“我是山多尔·卡达尔依。”他边说边打开车门，挤到里克身边。

跟卡达尔依握手的时候，里克注意到这位华约代表带着一支不同寻常的激光枪，是他从未见过的枪种。

“哦，这个？”卡达尔依说，“很有趣，不是吗？”他从套里拔出枪。“我从火星带来的。”

“我还以为我知道所有手枪品种。”里克说，“包括那些在殖民地制造使用的手枪。”

“这是我们自己制造的。”卡达依尔说，笑容灿烂，活像个斯拉夫圣诞老人，红彤彤的脸上满是骄傲。“喜欢吗？它在功能上的不同之处在于——拿着。”他把枪递给里克。里克凭着多年的经验，以专家眼光细细查看这把枪。

“功能的不同之处在哪儿？”里克问。他看不出来。

“扣扳机。”

里克抬枪往窗外天空中瞄准，扣了一下扳机。没有动静。没有光束出现。他困惑地转向卡达尔依。

“扳机线路，”卡达尔依爽朗地说，“不在枪上。在我手里。你看。”他张开手，现出一个小小的部件。“在一定距离内，我还可以遥控这把枪，不管它瞄准哪里。”

“你不是波洛科夫，你是卡达尔依。”里克说。

“你说反了吧？你还真糊涂了。”

“我是说，你是仿生人波洛科夫。你不是苏联警察。”里克悄悄用脚尖踩下车底的紧急按钮。

“我的枪怎么开不了火？”卡达尔依-波洛科夫说，不断摆弄手中那个微型遥控瞄准扳机。

“因为有道正弦波——”里克说，“搅乱了激光相位，把光束打散成普通光线了。”

“那我只好扭断你的细脖子了。”仿生人丢下扳机，咆哮一声，两手掐住了里克的喉咙。

当仿生人的手掐进他的脖子，里克从肩挎枪套里开了一枪。那是把旧式的普通手枪，点三八口径的子弹击中仿生人的脑袋。它的头颅爆裂开来，里面的枢纽6型脑单元被打成了碎片，爆成一道劲风在车里回荡。有些碎片，就像放射尘一样，飘飘荡荡地落在里克身上。仿生人的尸身向后一仰，撞到车门上，又弹回来，狠狠地压住了他。他费了九牛二虎之力才推开还在痉挛的仿生人身体。

他边发抖，边接通了执法部的电话。“我可以打个报告吗？”他说，“告诉哈里·布赖恩特，我干掉了波洛科夫。”

“你干掉了波洛科夫。他一听就明白，对吗？”

“对。”里克挂掉了电话。老天，差点就没命了，他想。对于蕾切尔·罗森先前的警告，我还真是反应过激了。我偏要反其道而行，结果差点送了命。不过我还是干掉了波洛科夫。他的肾上腺渐渐平静下来，心跳也开始恢复正常，呼吸不再紊乱。但他仍然在发抖。不管怎样，我刚刚挣了一千块，他安慰自己。冒险还是值得的。我的反应比戴夫·霍尔登更快。不过，我显然吸取了戴夫的教训，这一点不得不承认。戴夫先前没有这种预警。

他又拿起电话，拨通家里的号码，想找伊兰说说话。他设法点了一支烟。颤抖没那么严重了。

他太太的脸出现在屏幕上，显然已经承受了六小时的自责抑郁，就像她先前说的。“啊，你好，里克。”

“我临走前给你拨的594号呢？那是喜悦地承认——”

“你一走，我就换号码重拨了。你想干吗？”她的声音阴沉单调，拒人千里之外，“我太累了，生活没有一丝希望。我们的婚姻也让人绝望。而且你随时会被仿生人杀死。你就是想告诉我这个吧，里克？有个仿生人干掉你了？”背景里老友巴斯特的声音轰鸣喧闹，淹没了她的话。他看到她的嘴一张一合，却只听到电视的声音。

“听着，”他插话，“能听到我说话吗？我的工作很顺利。有一种新型号的仿生人，除了我没人能对付。我已经干掉了一个，已经有一千块入账了。到我完成工作的时候，你知道能有多少钱吗？”

伊兰视而不见地盯着他。“哦。”她点头说。

“我还没说完呢！”他现在看出来了。她这次的抑郁过于深入，已经听不到他的话了。他简直是在对真空说话。“今晚见。”他苦涩地告别，狠狠挂掉了电话。去她的，他想。我这样冒险卖命，又有什么好处？她根本不关心我们能不能拥有鸵鸟。她什么也不关心。两年前我们考虑分居的时候，我就应该甩掉她。我还有机会这么干，他提醒自己。

他一腔郁闷地俯身收拾那些散落在车里的文件，其中还有鲁芭·勒夫特的资料。一点支持都没给，他想。我认识的大多数仿生人都比我妻子更有生命力，更想活下去。她什么也给不了我。

他又想起了蕾切尔·罗森。她关于枢纽6型智力的说法，他意识到，看来是正确的。假如她不想分赏金，也许我用得上她。

这次与卡达尔依-波洛科夫的遭遇，深刻地改变了他的观点。

他啪地打开飞车引擎，刷一下飞上天空，向战争纪念歌剧院方向射去。根据戴夫·霍尔登的笔记，每天这个时候，鲁芭·勒夫特都应该在歌剧院。

他开始对她感到好奇。在他看来，有的女性仿生人很漂亮，他曾发现自己被其中几个吸引过。那是一种奇特的感受，理智上知道她们是机器，但情感上仍会有反应。

比如蕾切尔·罗森。不，他决定，她太瘦了。还没真正发育，尤其是胸部。跟小孩一样平坦瘦弱的身体。他还有更好的选择。资料上说鲁芭·勒夫特是几岁来着？他边开车边翻出那些皱巴巴的笔记，找到了她的所谓“年纪”。二十八岁，资料上写着。外观是二十八岁。对仿生人来说，外观是唯一有用的标准。

幸好我了解一点歌剧，里克暗忖。这是我比戴夫占便宜的另一个地方。我更有文化。

再抓一个仿生人，然后再找蕾切尔帮忙吧，他决定。要是发现勒夫特小姐极难对付——但根据他的直觉，应该不会太难。波洛科夫是最难的一个。其他仿生人并不知道有人在捕猎它们。它们会像游乐场的那排呆鸭子一样，让我一枪一个打碎。

他慢慢降落到歌剧院那辉煌宏伟的楼顶，同时大声唱起一系列混搭的咏叹调，歌词都是他随口捏造的伪意大利语。就算没有彭菲尔德情绪调节器，他的精神也提升到了乐观的顶点，充满了饥渴兴奋的期待。

九

这座古老的歌剧院是用钢筋石料筑成的，历尽风雨，坚固持久，形似一条巨大的鲸鱼。在鲸腹里，里克·德卡德发现一场有些走调的彩排正在进行。虽说回声吵闹，但他一进来就听出了音乐的旋律：莫扎特的《魔笛》第一幕的结尾。摩尔人的奴隶们——也就是合唱团——开口稍早了一点，破坏了魔钟的整体节奏。

多么愉快。他热爱《魔笛》。他在第一层楼厅的前排找了个位置（貌似没人注意到他），舒舒服服地坐了下来。这时，巴巴吉诺穿着一身美丽的鸟羽，和帕米娜一起，唱起那段里克每次想到都会热泪盈眶的歌词。

如果每个勇士
都能找到魔钟，
他的敌人就会

立刻消失无踪。

唉，里克想，现实生活里可没有这种魔钟，能让所有敌人轻易消失。真糟糕。莫扎特写完《魔笛》后不久，才三十多岁，就因肾病去世了，葬在没有标志的贫民墓里。

想到这里，他开始寻思，不知莫扎特当时有没有预感到已经没有未来了，预感到他的时间所剩无几了。也许我也一样，里克边想边看彩排。这场彩排总会结束，表演总会结束，演员会死去，乐曲的最后一个音符也会沉默。最终，“莫扎特”这个名字也会消失，尘埃会取得最后胜利，即使不在这个星球，也会在别的星球。我们也许可以逃避一阵子。就像仿生人可以逃避我，多活那么一小会儿。但我还是会抓到它们，要么是另一个赏金猎人抓到它们。在某些方面，他意识到，我是破坏秩序的熵过程的一部分。罗森公司创建秩序，而我毁灭秩序。总之，他们一定是这么看的。

台上，巴巴吉诺开始和帕米娜对话。他跳出自省，开始听戏。

巴巴吉诺：“我的孩子，我们现在该说什么？”

帕米娜：“真相。我们只能说真相。”

他身体前倾，全神贯注地盯着帕米娜。她穿着厚重繁复的长袍，头巾面纱围着脸，洒在肩头。他又查看了一下资料，身体满意地向后一靠。我现在看到了第三个枢纽6型，他意识到。这就是鲁芭·勒夫特。她的角色表现出的感情，显得有点反讽。不管外表是多么生机勃勃，多么美丽炫目，逃亡仿生人很难说出真相。至少不会说出自己的真相。

台上的鲁芭·勒夫特开始高唱，他被她的音质吓了一跳。是最美好的那种声音，简直可以跟他收藏的那些经典录音相提并论。罗森公司把她造得真好，他不得不承认。他再次感觉到，不论什么时候，按这里的所见所闻，他就必须当一个秩序破坏者。也许她表现得越好，唱得越好，就越需要我这样的人。要是仿生人一直是劣质品——像德林公司以前生产的那种q40型——就不会有什么问题，也没人需要我的技能了。不知什么时候动手合适，他想。也许越快越好。那就等到彩排结束，她去化妆室的时候。

一幕结束，彩排暂停。指挥分别用英语、法语和德语宣布，一个半小时后继续彩排。指挥走后，乐队成员也纷纷放下乐器走了。里克站起身来，往后台化妆室走去。他跟在那群演员后面，不慌不忙，暗想，这样最好，一下解决，不怕夜长梦多。我跟她闲聊和测试的时间越短越好。一旦确定——不过按道理，测试结束之前他无法确定。说不定戴夫弄错了，他想。希望如此吧。不过不大可能弄错。他的职业直觉已经作出了反应。在警局服务的这么多年里，他还从没出过错。

他拉住一个龙套角色，问他勒夫特的化妆室在哪儿。从他脸上化的妆和身上的戏服来看，这龙套应该是演埃及土著的群众演员。他给里克指了一扇门。里克走到门前，看到门上贴着一张纸条，上书“**勒夫特小姐私人化妆室**”。他敲了敲门。

“请进。”

他走进房间。女孩坐在化妆台前，膝上摊着一本布面精装的旧乐谱，上面东一处西一处，到处都是圆珠笔作的标记。她仍然一脸浓妆，一身戏服，只是把头巾取下来放到了旁边的架子上。“什么事？”她抬头问道。舞台妆放大了她褐色的眼睛。她就这么睁着硕大的眼睛，一眨不眨地盯着他。“我很忙，你也看得出来。”她的英语没有一丝口音。

里克说：“你唱得比施瓦兹科普夫还好。”

“你是谁？”她的声音冷漠内敛。他碰到过的仿生人好像都是这样：聪明绝顶，才华无双，但待人冷淡。他很不喜欢这一点。但要是没有这个特征，他也追踪不了仿生人。

“我是旧金山警察局的人。”他说。

“哦？”炯炯有神的大眼睛没有闪烁，没有反应。“你来这里干什么？”奇怪，她的口气仍然很有礼貌。

他坐到旁边一张椅子上，打开了手提箱。“我奉命来这里对你做一个标准性格测试。只要几分钟。”

“必须做吗？”她向那一大片乐谱做了手势，“我还有很多事情要忙。”这时，她看起来有些紧张了。

“必须做。”他取出沃伊特·坎普夫设备，开始安装。

“智商测验？”

“不是。移情测验。”

“我需要戴上眼镜。”她伸手打开化妆台的一个抽屉。

“你在乐谱上做记号不用戴眼镜，那做这个测试也不用。我会给你看一些图片，然后问你几个问题。同时——”他站起来，走到她身边，弯腰把带着密密麻麻感应器的吸盘贴在她浓妆艳抹的脸上。“还有这束光，”他边说边调节笔形光束电筒的角度，“就这样。”

“你觉得我是仿生人？是这样吗？”她的声音低到几乎听不见，“我不是仿生人。我甚至根本没去过火星。我也从没**见过**仿生人！”她长长的睫毛在颤抖。不过，他发现她努力表现得镇定自若。“你有情报说这组演员里有仿生人？我很高兴帮助你。我要是仿生人，会帮助你吗？”

“一个仿生人，”他说，“不会在乎其他仿生人是死是活。那正是我们要寻找的特征之一。”

“那么，”勒夫特小姐说，“你肯定是个仿生人。”

他一下愣住了，呆呆地看着她。

"因为——"她继续，"你的工作就是杀掉仿生人，对吗？你就是他们所谓的——"她一时想不起来那叫什么。

"赏金猎人，"里克说，"但我不是仿生人。"

"你要我做的这个测试，"她的声音现在又恢复了常态，"你自己做过吗？"

"做过。"他点头道，"很久很久以前，刚加入警察局时就做过了。"

"也许那是假记忆。仿生人不是有时会被植入假记忆吗？"

里克说："我的上司知道测试结果。那是强制必须做的测试。"

"也许曾有个跟你一样的真人，后来某个时候你杀了他，取而代之，而你的上司并不知情。"她笑道，循循善诱。

"我们开始测试吧。"他说，掏出了那叠问卷。

"要是你先做测试，"鲁芭·勒夫特说，"那我也做。"

他又一次瞪着她，呆若木鸡。

"那不是更公平吗？"她问道，"那样，我也能确定你的身份。我不知道，但你看起来很特别，强硬，古怪。"她浑身一颤，然后又微笑起来，一脸希望。

"你没法主持沃伊特·坎普夫测试。那需要很多经验。现在，仔细听好。这些问题是关于一些你可能遇到的社会情境。我需要你正面回答你在那个情境下会怎么做。还需要你尽快回答。时间也是我要记录的因素之一，如果你的反应需要时间的话。"他选中了第一个问题，“你坐在那儿看电视，突然发现手腕上爬着一只马蜂。”他看着手表，计算着秒数，又查看了一下两个指标。

“什么是马蜂?”鲁芭·勒夫特问。

“一种会叮人的飞虫。”

“哦，好奇怪。”她的大眼睛瞪得更大了，像孩子一般接受了答案，好像他揭示了天地间最大的奥秘。“它们还存在吗？我从来没见过。”

“它们被放射尘灭绝了。你难道真的不知道马蜂是什么？马蜂灭绝之前你就已经活在世上了。那才过了——”

“用德语怎么说?”

他想了一会，想不起来马蜂的德语怎么说。“但你的英语完美无瑕。”

“我的口音——”她更正道，“完美无瑕。这是角色的要求，珀塞尔的戏，沃尔顿的戏，沃恩·威廉姆斯的戏。但我的词汇量不大。”她不好意思地瞥了他一眼。

“Wespe.”他说，终于想起了那个德语单词。

“啊，没错；eine Wespe。”她笑道，“问题是什么？我已经忘了。”

“算了，换一题吧。”已经不可能得到有意义的反应了。“你在电视上看一部老电影，战前拍的那种。电影里有个宴会正在进行。主菜是——”他跳过问题的第一部分，“炖狗肉，肉中间夹着米饭。”

“没有人会杀狗来吃。”鲁芭·勒夫特说，“它们太值钱了。我猜那是条假狗，不是真的，对吗？不过假狗里头是电线和马达，也不能吃。”

“战前的电影。”他咬牙切齿。

“战前我还没出生。”

“那你也在电视上看过老电影。”

“电影是在菲律宾拍的吗？”

“为什么？”

“因为——”鲁芭·勒夫特说，“菲律宾人以前会吃那种夹米饭的炖狗肉。我记得在哪里读到过。”

“你的反应是什么？”他说，“我需要你的社会、情感和道德反应。”

“对电影的反应？”她想了想，“我会关掉电影，看老友巴斯特。”

“为什么要关掉电影？”

“唉，”她大声说，“谁想看设定在菲律宾的老电影啊？除了巴丹死亡行军以外，菲律宾还发生过什么事？就算是死亡行军，你会想看吗？”她愤怒地瞪着他。仪表盘上的指针四处乱晃。

他沉默了一会，小心地说：“你租了一间山中小屋。”

“好的，”她点头，“继续。我在听。”

“小屋在一片嫩草地上。”

“抱歉?”她把一只手放到耳后，“我没听过这个词。”

“就是还有树和灌木生长的地方。小屋由满是节瘤的古朴松木建成，还有一个巨大的壁炉。有人在墙上挂了一张旧地图，是卡里尔与艾夫斯印制的。壁炉上方有个鹿头，是头成年雄鹿，长着成熟的犄角。跟你在一起的朋友对房间的装饰赞叹不已——”

“我没听懂‘卡里尔’、‘艾夫斯’和‘装饰’这几个词。”鲁芭·勒夫特说。她似乎在挣扎着理解这些术语。“等等，”她兴奋地举起手来，“跟米饭一起，就像狗肉那题一样。卡里尔就是做咖喱饭的调料。德语就叫咖喱。”

他打死也猜不出来，鲁芭·勒夫特把这些文字搞得一塌糊涂，到底是不是故意的。他在心里嘀咕了一会，决定再试另一个问题。不然还能怎么办呢?“你跟一个男人约会，他邀你去他家。到了他家——”

“哦，不，”鲁芭插话道，“我不会去他家。这个容易回答。”

“我不是问这个。”

“你搞错问题了？但这是我能理解的问题。为什么我能理解的问题反而不是你要问的?”她激动不安地搓了一下脸颊，把吸盘碰掉了。吸盘掉到地上，滑到她的化妆台下。“啊，老天。”她咕哝一声，弯腰去捡。刷的一声，什么东西撕裂了。是她的精美戏服。

“我来捡。”他说，把她扶到一边。他跪到地上，伸手在桌下摸索一阵，直到手指碰到吸盘。

当他站起来时，发现面前是一根激光枪管。

“你的问题，”鲁芭·勒夫特的声音干脆而正经，“开始跟性有关了。我一开始就觉得不对。你不是警察局派来的。你是个性变态。”

“你可以看我的证件。”他把手伸向大衣口袋，发现自己的手开始发抖，跟面对波洛科夫时一样。

“你敢把手伸进去，”鲁芭·勒夫特说，“我就打死你。”

“你本来就想打死我。”他想到，要是等蕾切尔·罗森来了以后一起干，结果不知会怎样。嗯，现在想这个已经没用了。

“让我看看你的问卷表。”她伸出一只手，他不甘不愿地把那几张纸递了过去。“‘你翻开一本杂志，看到一整页裸女彩照。’嗯，这是一题。‘你怀孕了，那个男人承诺要娶你。但他跟另一个女人，你最好的朋友，私奔了。你去做了流产。’你这些问题都是同一模子出来的。我要叫警察。”她仍然把激光枪对向他，慢慢穿过房间，拾起视频电话，拨通了接线员。“给我接旧金山警察局，”她说，“我要报警。”

“你现在所做的，”里克松了口气，说，“是最明智的一件事。”不过，鲁芭会这样做，仍然显得奇怪。她为什么不直接杀了他？巡警一来，她的机会就没了，就轮到他发威了。

她肯定觉得自己是个真人，他判断。她显然不知道实情。

鲁芭小心地用枪瞄着他，几分钟之后，一个魁梧的巡警就出现了。他一身老旧的蓝色警服，带着枪和警徽。“好了，”他一出现就对鲁芭说，“把枪放下吧。”她放下了激光枪，他捡起来查看有没有上膛。“说吧，发生了什么事？”他问她。没等她回答，他就转向里克。“你是谁？”他盘问道。

鲁芭·勒夫特说：“他闯进我的化妆室，我以前从没见过他。他假装要对我做问卷调查，说需要问我一些问题。我觉得没什么，就同意了。然后他就开始问一些下流问题。”

“让我看看你的证件。”巡警伸手对里克说。

里克掏出证件，说：“我是警察局的赏金猎人。”

“我认识所有的赏金猎人。”巡警边说边检查里克的钱包，“是旧金山警察局吗？”

“我的上级是哈里·布赖恩特局长。”里克说，“现在戴夫·霍尔登进了医院，由我接替他的工作。”

“我说过，我认识所有赏金猎人，”巡警说，“可我从没听说过你。”他把里克的证件递了回来。

“打电话给布赖恩特局长。”里克说。

“没有什么布赖恩特局长。”巡警说。

里克突然反应过来。“你是仿生人。”他对巡警说，“跟勒夫特小姐一样。”他走到视频电话前拿起话机。“我要给局里打个电话。”不知他要走到哪一步，两个仿生人才会阻止他。

“号码是——”巡警说。

“我知道号码。”里克一下就拨通了警察局的接线员。“我要找布赖恩特局长。”他说。

“请问你是谁？”

“我是里克·德卡德。”他站在那儿等了一会。同一时间，巡警正在询问鲁芭·勒夫特，两人谁也没管他。

过了一会，哈里·布赖恩特的脸出现在屏幕上。“怎么了？”他问里克。“有麻烦。”里克说，“戴夫名单上的一个家伙，设法叫来了一个所谓巡警。我似乎没法向他证明我是谁。他说他认识局里所有赏金猎人，却没听说过我。”他补充说，“他也没听说过你。”

布赖恩特说：“让我跟他说。”

“布赖恩特局长要跟你说话。”里克递过话机，巡警走过来接听。

“我是克拉姆斯警官。”巡警干脆利落地说。然后他停了一会。“喂？”他听了一下，又喂了几声，然后转向里克。“线上没人。屏幕上也没人。”他指了指电话屏幕，里克发现上面确实是空的。

里克从巡警手里接过话机，说：“布赖恩特先生？”他听了一会，等不到回音。“我再拨一次。”他挂上电话，等了一会，又拨了一次那个熟悉的号码。有响铃声，但没人接听。电话铃响了一声又一声。

“我来试试。”克拉姆斯警官从里克手里接过话机。“你肯定拨错了。”他开始拨号，“号码是842——”

“我知道号码。”里克说。

“我是克拉姆斯警官。”巡警对着话机说，“局里有没有一个布赖恩特局长？”短暂停顿。“那么，有没有一个叫里克·德卡德的赏金猎人？”又一次短暂停顿。“你确定吗？会不会是最近才——哦，明白了。好的，谢谢。不用，都在我控制下。”克拉姆斯警官挂掉电话，转向里克。

“他刚才还在线上。”里克说，“我还跟他说了话。他说他要跟你说话。一定是电话出了问题，半路断线了。你没看见吗？布赖恩特的脸刚才还在这个屏幕上，后来却不见了。”他完全糊涂了。

克拉姆斯说：“我有勒夫特小姐的证词，德卡德。我们去执法部给你挂个号吧。”

“好吧。”里克说。他转向鲁芭，说：“我不久就会回来。测试还没做完呢。”

“他是个变态。”鲁芭·勒夫特对克拉姆斯警官说，“我一见他就起鸡皮疙瘩。”

“你排练的歌剧是哪一出？”克拉姆斯警官问她。

“是《魔笛》。”里克说。

“我没问你。我是问她。”巡警厌恶地瞥了他一眼。

“我巴不得马上回到执法部。”里克说，“然后就可以还我清名了。”他拎着手提箱往化妆室门口走。

“我得先搜查你。”克拉姆斯警官熟练地搜了他的身，找出了他的警用手枪和激光枪。他嗅了嗅手枪的枪口，没收了这两支枪。“这枪最近开过火。”他说。

“我刚刚干掉了一个仿生人。”里克说，“尸身还在楼顶上我的车里。”

“好吧，”克拉姆斯警官说，“我们上楼去看看。”

两人一起走出化妆室，勒夫特小姐送到门口。“他不会再回来了，对吗，警官？我实在是害怕。他这么古怪。”

“要是他的车里真有一个被他杀掉的人，”克拉姆斯说，“他就回不来了。”他推着里克向前走，两人一起乘电梯上到歌剧院楼顶。

克拉姆斯警官打开里克的车门，在沉默中检查波洛科夫的尸体。

“这是个仿生人。”里克说，“我奉命追捕他。差点被他干掉。他化装成——”

“到了执法部，你有机会说你的证词。”克拉姆斯警官打断了他。他把里克推向自己那辆标志醒目的警车。在警车里，他通过警察频率另外叫了个人来收取波洛科夫。“好了，德卡德。”他挂掉电话，说，“我们出发吧。”

警车载着两人嗖一下蹿上天空，向南飞去。

里克注意到，有什么地方不对劲。克拉姆斯警官开错了方向。

“执法部——”里克说，“在北边，在伦巴底街上。”

“那是旧执法部。”克拉姆斯警官说，“新的在米申街上。旧楼已经开始解体了，差不多成废墟了。很多年没人用那座楼了。离你上次挂号已经那么久了吗？”

“带我去伦巴底街。”里克说。他现在全明白了。这些仿生人通力合作，太可怕了。他活不过这趟飞行。他已经快挂了，戴夫也差点挂了——也许很快就会真的挂了。

“那女孩真是美人。”克拉姆斯警官说，“当然，她的身材被戏服遮住了。不过我敢说，她的身材肯定也很棒。”

里克说：“承认吧，你就是个仿生人。”

“为什么？我不是仿生人。你平常都干些什么？到处游荡，随便杀个人，然后告诉自己说这人是仿生人？我现在明白勒夫特小姐为啥这么害怕了。她叫我们来叫对了。”

“那就带我去真的执法部，在伦巴底街。”

“我说过——”

“只需要三分钟。”里克说，“我想看看那儿。我每天早上都去那儿签到上班。我想看看它怎么被遗弃多年了，像你说的那样。”

“也许你才是仿生人，”克拉姆斯警官说，“带着假记忆，就是他们经常植入的那种。你想过吗？”他无情地冷笑着，继续向南开。

里克承认自己已经彻底失败。他倒在座位上，无助地等待着接下来的命运。他们已经抓到了他本人，现在就看仿生人葫芦里卖的什么药了。

不过我还是干掉了一个，他对自己说。我干掉了波洛科夫。戴夫干掉了两个。

克拉姆斯警官的警车在米申街上空悬停了一下，开始降落。

十

米申街上的执法部建筑，是一系列奇形怪状的刺向天空的尖塔，繁复而现代，里克一见就觉得赏心悦目。只有一点不好——他以前没见过这栋建筑。

警车着陆几分钟后，就开始了挂号手续。

“304条款，”克拉姆斯警官对高台里的警官说，“还有612.4条款。哦，对了，还有冒充治安警察。”

“406.7条款。”高台里的警官边说边懒洋洋地填着表，一副百无聊赖的样子。他的动作和表情表明，这些都是常规套路，不是什么大事。

“跟我来。”克拉姆斯警官把里克带到一张白色小桌前，一名技术员正在那儿操作一台熟悉的仪器。“记录一下你的脑波图，”克拉姆斯说，“以确定身份。”

里克干脆地说：“我知道。”当年他还是巡警的时候，曾把很多嫌疑人带到类似的桌子前。但只是**类似**，不是这张桌子。

测完脑波，他被带到一个同样熟悉的房间。他条件反射般地开始收拾有价值的物品，准备转移。这很没道理，他暗想。这些人是谁？要是这个地方一直存在，**为什么我们一直不知道**？为什么他们不知道我们？两个并行的警察局，他们的和我们的。而且，就我所知，从没有过接触，直到今天。说不定以前有接触，他想，也许这不是第一次。很难相信这么长时间都没有接触，如果这真的是一个名副其实的警察机构。

这时，一个没穿警服的人不紧不慢地踱向里克·德卡德，好奇地看着他。"这位犯了什么事？"他问克拉姆斯警官。

"涉嫌杀人，"克拉姆斯答道，"我们有一具尸体，在他车里发现的。不过他声称那是仿生人。我们正在验证，在实验室里做骨髓分析。还假冒警察，说自己是赏金猎人。闯入一位女士的化妆室去问她一些挑逗性的问题。那位女士怀疑他的身份，就把我们叫去了。"克拉姆斯后退一步，说："您想亲自跟他聊聊，长官？"

"行啊。"那位便衣高级警官长着蓝眼睛、大鼻子，嘴唇呆板。他上下打量着里克，伸手去拿他的手提箱。"这里头是什么，德卡德先生？"

里克说："是沃伊特·坎普夫性格测试的材料。克拉姆斯警官逮捕我的时候，我正在测试一个嫌疑人。"他看着警官把箱子里的东西翻来翻去，仔细查看每一件物品。"我问勒夫特小姐的问题，都是标准的沃·坎问题，印在——”

“你认不认识乔治·格利森，还有菲尔·雷施？”警官问。

“不认识。”里克说。两个名字都很陌生。

“他们是北加州的赏金猎人。两人都属于我们局。也许你在这里会碰上他们。你是仿生人吗，德卡德先生？我之所以这么问，是因为以前我们碰到过几个逃亡的仿生人，冒充外州的赏金猎人跑到这里来。”

里克说：“我不是仿生人。你可以对我做沃伊特·坎普夫测试。我以前做过这个测试，现在也不介意再做一遍。但我知道结果会如何。我可以给我妻子打个电话吗？”

“你只可以打一个电话。你想打给你妻子还是律师？”

“我打给我妻子，”里克说，“她可以给我找个律师。”

便衣警官递给他一枚五毛硬币，指了个方向。“那边有视频电话。”他看着里克穿过房间，走向那部电话，然后低头继续检查箱子里的东西。

里克把硬币塞进去，拨通了家里的号码，然后站在那儿静等，似乎等了无穷久。

一张女人的脸出现在屏幕上。“喂。”她说。

这不是伊兰。他这辈子从没见过这个女人。

他挂掉电话，慢慢地走回到警官身边。

“没找到？”警官说，“没事，你可以再打一次。我们在这方面比较开明。但我现在不能让你找担保人，因为你违反的条款是不能保释的。不过，当你被起诉的时候——”

“我知道，”里克尖刻地说，“我对警务程序很熟。”

“这是你的手提箱。”警官把箱子还给他，“来我的办公室，我想跟你多谈一会。”他顺着边上的走廊走在前面，里克在后面跟着。突然，警官停下来，转身对他说：“我的名字是加兰德。”他伸出一只手，两人短暂握了握。“坐吧。”加兰德打开办公室的门，挤到一张整洁的桌子后面。

里克在桌对面坐下。

“你说的这个沃伊特·坎普夫测试，”加兰德指着里克的手提箱说，“你带的所有这些材料——”他填好烟斗，点燃后吸了几口，“是用来检测仿生人的分析工具？”

“这是我们的基本测试，”里克说，“是我们目前应用的唯一测试。也是目前唯一能鉴别出最新的枢纽6型脑单元的测试。你没听说过吗？”

“我听过几种检测仿生人的性格分析量表。不过没听过这个。”他继续专注地打量着里克，脸上一副高深莫测的表情。里克实在看不出来加兰德在想什么。“那些脏兮兮的资料页，”加兰德继续说，“就是手提箱里那些。波洛科夫、勒夫特小姐……你的那些怀疑对象。下一个就是我。”

里克瞠目结舌地瞪了他一会，伸手抓过手提箱。

很快，里克把那些资料都摊在了眼前。加兰德说得没错。里克仔细研读着资料。好一会工夫，两人都没说话。然后加兰德清了清嗓子，紧张地咳了一声。

“这种感觉很不愉快。”他说，“你突然发现自己成了一个赏金猎人的抓捕目标。也不知你到底是不是赏金猎人，德卡德先生。”他按下桌上通话机的一个键，说：“叫个赏金猎人进来，我不管是哪一个。好的，谢谢。”他松开了键。“菲尔·雷施一两分钟后就到。”他告诉里克，“我想看看他的名单，再决定下一步怎么办。”

“你觉得我可能在他的名单上？”

“有这种可能性。我们很快就会知道了。对于这些关键问题，最好先核实一下。不能瞎碰运气。关于我的这页资料。”他指着一张脏兮兮的纸，“没说我是局长。它错把我的职业弄成了保险承保人。其他信息都是准确的，外貌、年龄、个人爱好、家庭地址。对，是我，没错。你自己看看。”他把那张纸推向里克。里克捡起纸，又扫了一眼。

门开了，进来一个瘦骨嶙峋、满身伤疤的高个子男人。他戴着玳瑁眼镜，留着拳曲的尖髯。加兰德站起身来，指向里克。

“菲尔·雷施，这是里克·德卡德。你们都是赏金猎人，应该到碰面的时候了。”

菲尔·雷施一边与里克握手，一边说：“你附属哪个城市？”

加兰德替里克答道:“旧金山。来，看看他的工作日程。这是下一个任务。”他把里克先前研读的那张纸递给了雷施。

“咦，加兰德，”菲尔·雷施说，“这不是你吗?”

“还有，”加兰德说，“他的捕猎名单上还有歌剧演员鲁芭·勒夫特。还有波洛科夫。还记得波洛科夫吗?他已经死了。这位赏金猎人——或是仿生人，不管是什么，他干掉了波洛科夫。我们的实验室正在做骨髓测试，看能否找到一点可能依据——”

“波洛科夫，我跟他聊过。”菲尔·雷施说，“就是那个苏联来的圣诞老人?”他揪着乱糟糟的胡子沉思了一会。“我想，给他做个骨髓测试是个好主意。”

“为什么这么说?”加兰德问，显然被激怒了，“测试是为了消除法律上的根据，让这位德卡德没法再宣称自己没杀人，‘只是干掉了一个仿生人’。”

菲尔·雷施说:“波洛科夫给我的印象是无情冷漠，极度理智，精于算计。”

“很多苏联警察都那样。”加兰德说，越发恼怒了。

“鲁芭·勒夫特，我没见过。”菲尔·雷施说，“不过我听过她的录音。”他问里克:“你给她做过测试?”

“我当时正在测试，”里克说，“但一直得不到准确读数。然后她叫来了巡警，打断了测试。”

"那么波洛科夫呢?"菲尔·雷施问。

"我没测过他。"

菲尔·雷施像是在自言自语:"那我想你也还没测过这位加兰德局长。"

"当然没有。"加兰德打断了他。他的话音苦涩而尖锐,脸愤怒地皱了起来,然后说不下去了。

"你用的是什么测试?"菲尔·雷施问。

"沃伊特·坎普夫量表。"

"这个我没听说过。"雷施跟加兰德似乎都陷入了职业性深思,但显然,两人想的不是一个方向。"我一直在说,"他续道,"仿生人最好的藏身处,就是像华约这种大型警察机构。自从见到波洛科夫后,我就一直想测试他,但一直找不到借口。本来也不可能有借口……这正是敢于冒险的仿生人最喜欢这种位置的原因。"

加兰德局长慢慢地站起来,面向菲尔·雷施说:"你也一直想测试我吧?"

菲尔·雷施的脸上掠过一丝诡笑。他张了下嘴,然后耸耸肩,没有回答。尽管加兰德的怒火已经触手可及了,但他似乎一点也不怕他。

"你恐怕没弄明白现在的状况。"加兰德说,"这个人——或者仿生人——里克·德卡德,他来自一个凭空出现的、从不存在的、鬼魂般的警察局，声称自己在伦巴底街上的旧总部上班。他从没听说过我们，我们也从没听说过他——可是表面上，我们都在为同一边工作。他用的测试方法我们也从没听说过。他身上带的名单列出来的不是仿生人，而是真人。他已经杀过一次人，至少一次。要是勒夫特小姐没有报警，可能已经死在他手里了。然后，他最终会东翻西查地过来抓我。”

“嗯。”菲尔·雷施说。

“嗯。”加兰德愤慨地模仿了一声，看上去就像要中风了，“你就只能说出这个字？”

通话机响起来，一个女声说：“加兰德局长，波洛科夫先生的分析结果出来了。”

“我想我们应该听一下。”菲尔·雷施说。

加兰德狂怒地瞥了他一眼，然后弯下腰，按下通话键。“说吧，弗伦奇小姐。”

“骨髓测试，”弗伦奇小姐说，“表明波洛科夫先生是个人形机器。你要不要详细——”

“不用了，先这样。”加兰德坐回椅子上，阴沉地瞪着对面的墙，没对里克或菲尔·雷施说半句话。

雷施说：“你的沃伊特·坎普夫测试，理论依据是什么，德卡德先生？”

“移情反应。各种社会情景。多数问题牵涉到动物。”

“我们的测试可能要简单些。”雷施说，“脊柱上舌咽神经的反射弧反应，人形机器比真人要慢几微秒。”他伸出手，在加兰德局长的桌上抓过来一叠纸。“我们用的是声音信号，或闪光信号。测试对象按一个钮，我们就能测到反应时间。当然，我们会反复测试。仿生人和真人的反应时间都会浮动。但一般测到第十次反应的时候，就能得到可靠的线索。还有，跟你干掉波洛科夫的情况一样，由骨髓测试来支持我们的结论。”

沉默了一阵，里克说:“你可以测试我。我准备好了。当然，我也想测试你。如果你愿意的话。”

“那是自然。”雷施说。但他这时正在琢磨加兰德局长。“我已经说了好几年，”雷施嘀咕道，“警察当局管理层越是上层的人员，越应该经常做博内利反射弧测试。我说过吧，局长?”

“对，你说过。”加兰德说，“而我一直反对。因为这会降低警察局的士气。”

“我想现在，”里克说，“既然有了波洛科夫的分析报告，你也只能袖手旁观了。”

十一

加兰德说："只好这样了。"他用一根手指戳着赏金猎人菲尔·雷施，"但我警告你：你不会喜欢测试结果的。"

"你知道测试结果是什么吗？"雷施显然大吃一惊，面露不快。

"我几乎胸有成竹。"加兰德局长说。

"好吧。"雷施点头道，"我上楼去取博内利设备。"他大步走向门口，打开门，消失在走廊里。"我三四分钟就回来。"他对里克说。门在他身后关上了。

加兰德局长把手伸进右手边最上面一个抽屉，摸索了一下，取出一支激光枪。他把枪一转，指向里克。

"这没用。"里克说，"雷施会给我做尸体解剖，就像你的实验室给波洛科夫做的一样。而且，他仍然会坚持对你和他自己做一个——怎么说的来着——博内利反射弧测试。"

激光枪纹丝不动。加兰德局长说："今天是个糟糕透顶的坏日子。特别是当我看到克拉姆斯带你进来的时候。我感觉不妙——那正是我插手的原因。”他慢慢地放下枪管，紧握着枪坐在那儿想了一会，然后耸了下肩，把枪放回抽屉锁上，钥匙放回口袋里。

“我们三个人的测试，会有什么结果？”里克问。

加兰德说：“雷施真是个该死的蠢蛋。”

“他实际上并不知道？”

“他不知道。他从没怀疑过，一点念头也不曾有过。否则，他根本没法过赏金猎人的生活，因为那是真人的职业——不是仿生人的职业。”加兰德指了指里克的手提箱。“其他那些资料，你需要测试并消灭的那些人。我都认识。”他停顿了一下，又说，“我们都是乘同一艘船从火星来的。雷施不是。他多留了一个星期，安装合成记忆系统。”然后他又沉默下来。

或者说，它又沉默下来。

里克说：“他发现后会怎么办呢？”

“那我就不知道了。”加兰德冷冷地说，“从客观理智的角度想象一下，恐怕会很有趣。他也许会杀了我，杀了他自己，也许也会杀了你。他也许会杀了身边所有人，不管是真人还是仿生人。就我所知，这种事是有可能发生的，如果先前植入过合成记忆的话。如果他一直以为自己是真人。”

“所以你刚才这么干，是在冒险。”

加兰德说："我们摆脱枷锁来到地球，本来就是在冒险。在这里，我们甚至连动物都算不上，每一只虫子，每一只木虱，都比我们所有人加起来更可取。"加兰德生气地揪着下唇。"要是菲尔·雷施能通过博内利测试，而我不能，那你会好办一些。那样的话，结果至少可以预测：对雷施来说，我只是另一个需要尽快消灭的仿生人。所以现在，你的处境并不好，德卡德。事实上，几乎跟我的处境一样糟。知道我在哪一步猜错了吗？我不知道波洛科夫的情况。他肯定比我们来得早。他显然比我们来得早，是跟另一群仿生人一起来的，跟我们没有联系。当我抵达时，他已经完全渗透进华约了。我赌了一把分析结果，本来不该赌的。克拉姆斯当然也赌了一把。"

"波洛科夫差点把我也骗过了。"里克说。

"对，他好像是有些特别。我觉得他的脑单元类型应该跟我们不一样。他肯定被增强或修改过，改过以后的结构连我们都不熟悉。改得真好。几乎好到可以乱真了。"

"我打电话给家里时，"里克说，"为什么接电话的不是我妻子？"

"这里所有视频电话的线路都出不去，只会转到楼里的其他办公室。我们运营的是一个内部完全静止守恒的单位，德卡德。我们是一个封闭系统，与旧金山的其他部分隔绝。我们知道他们，但他们不知道我们。偶尔会有一两个像你这样的外人逛荡到这里，或者像你今天这样被带进来——我们这都是为了自我保护。”他突然抽筋似的朝门外做了个手势，“野心勃勃的菲尔·雷施回来了，带着他的猜谜小游戏。他聪明吧？他将毁掉自己，还有我，或许还有你。”

“你们这些仿生人，”里克说，“危难时都会劳燕分飞。”

加兰德狠狠地说：“你说得真对。看来我们缺少你们人类的一种天分。是叫移情能力吧？”

办公室的门打开了。菲尔·雷施站在那儿，扛着一台后面牵着导线的仪器。“我来了。”他说，把门在身后关上，然后坐下来，把电线插到墙上的插座里。

加兰德的右手指向雷施。一瞬间，雷施和里克·德卡德同时从椅子上翻身滚到地上。雷施翻倒时，手中的激光枪瞄准加兰德开了火。

凭着多年苦练出来的精准枪法，他一出手，激光束就把加兰德局长的脑袋劈成了两半。他向前瘫倒，手中的微型激光枪滚过桌面。死尸在椅中抽搐了几下，然后像一袋鸡蛋那样滑到一边，垮到了地上。

“它忘了，”雷施站起身说，“这是我的本职工作。我几乎可以预测仿生人的一举一动。我相信你也可以。”他把激光枪放在一边，好奇地弯腰翻检前上司的尸体。“我不在的时候，它跟你说了什么？”

“他说他——它——是个仿生人，而你——”里克停顿了一下，脑子疯狂地运转、计算、选择，然后改口说，“你会检测出来，”他继续说完，“也就几分钟的事。”

“还有别的吗？”

“这栋楼里寄生了大量仿生人。”

雷施思索着说：“那样你我就不容易出去了。名义上，我有权随时离开，还能带一名囚犯。”他侧耳听了一下。办公室外面并没有动静。“我猜他们什么也没听到。这里显然没按规章装窃听器。”他小心翼翼地用脚尖推了一下仿生人，“在这个工作中培养出来的超能力，实在是很可观啊。我开门之前就知道他会向我开枪。老实说，我很惊讶我上楼后他没杀掉你。”

“他差点杀了我。”里克说，“他曾拿一支新型大激光枪瞄着我。他真的在考虑。不过他担心的是你，不是我。”

“仿生人逃到哪儿，”雷施一本正经地说，“赏金猎人就能追到哪儿。你意识到了，对吧？你必须回歌剧院去抓鲁芭·勒夫特，赶在这里有人有机会警告她之前。我是说，警告它。你也把他们当作‘它’吧？”

“对，曾经。”里克说，“当我面对工作偶尔良心不安的时候，为了自我保护就这么想。但现在已经不需要了。好的，我会直奔歌剧院，如果你能把我弄出这里。”

“要不我们把加兰德摆到桌前？”雷施说着把仿生人的尸体

拖回椅中，把手脚摆好，摆成自然的姿态。只要不进办公室细看，就发现不了端倪。然后他按下通话键，说："加兰德局长命令，半小时内不要转任何电话进来。他现在的工作不能被打扰。"

"好的，雷施先生。"

菲尔·雷施松开通话键，对里克说："只要还在楼里，我就得用手铐把你跟我铐在一起。一旦升空，我自然会放开你。"他掏出一副手铐，咔一下铐住里克的一只手腕，又咔一下铐住自己的一只手腕。"走吧，早死早超生。"他端了一下肩膀，深吸一口气，推开了门。

四面八方都是制服警察，或坐或站，忙忙碌碌。菲尔·雷施牵着里克穿过大堂，在他们走向电梯的途中，没人抬起头看一眼，没人注意他们。

"我最害怕的是——"等电梯时雷施说，"这个加兰德身上装了死亡开关报警设备。不过——要真有的话，现在早该发作了，要不装了也没用。"

电梯来了。几名不起眼的男女警察下了电梯，各自散去，到大厅的各个角落去跑各自的腿。没人多看里克和菲尔·雷施一眼。

"你觉得你们局会招我吗？"电梯门关闭，把他俩与外面隔开时，雷施问道。他戳了一下到楼顶的按钮，电梯缓缓上升。"毕竟我现在失业了。说轻了是失业。"

里克小心地说："我看不出有任何拒绝你的理由。只是我们已经有两个赏金猎人了。”我必须告诉他真相，他暗想。再隐瞒下去很不道德，很残酷。雷施先生，你是个仿生人，他暗想。你把我带出了这里，而这，就是给你的奖赏。你是我们共同唾弃的对象，是我们都立誓要毁灭的糟粕。

“我想不通。”菲尔·雷施说，“实在不可思议。三年来我一直在一个仿生人手下工作。我为什么没起疑心——我是说，起疑到采取行动的地步？”

“也许没那么久。也许他只是最近才渗透进这栋楼的。”

“它们一直在这里。加兰德从一开始就是我上司，三年来一直如此。”

“据它自己说，”里克说，“它们那批人是一起来地球的。没有三年那么久，只有几个月。”

“那么，以前曾有个真实的加兰德存在过。”菲尔·雷施说，“然后在某一天被取代了。”他鲨鱼般的瘦削脸庞扭曲起来，拼命试图理解这件事。“或者——我被植入了假记忆。也许我只是自以为一直记得加兰德。不过——”他的脸上越来越痛苦，继续扭曲，开始抽搐。“只有仿生人才能带着假记忆生活。实验表明，在真人身上，假记忆不灵。”

电梯停了下来，电梯门滑开，眼前敞开一片荒凉的停车场。也就是警察局的顶楼平台。

“这是我的车。”菲尔·雷施说着，打开附近一辆飞车的车门，招手让里克快点进去。他自己也迅速坐到了驾驶座上，启动了马达。车子腾空而起，转向北方，飞往战争纪念歌剧院。菲尔·雷施完全是下意识地开着车，他满腹心事，越来越晦暗的思路继续主宰他的注意力。“听着，德卡德。”他突然说，“我们干掉鲁芭·勒夫特以后，我要你——”他沙哑痛苦的声音中断了一会，“你知道，给我做个博内利测试，或是你手里的移情测试。确定一下我是什么。”

“我们以后再操心这个。”里克躲闪着这个话题。

“你不想给我做测试，对吗？”菲尔·雷施敏锐地悟到了什么，瞥了里克一眼，说，“看来你已经知道结果了。加兰德肯定告诉了你什么。肯定是些我不知道的事情。”

里克说：“就算我俩联手，恐怕也很难干掉鲁芭·勒夫特。至少我一个人肯定对付不了。我们先集中精力做好这件事。”

“不光是假记忆。”菲尔·雷施说，“我还拥有一只动物，不是假的，是真的动物。一只松鼠。我爱那只松鼠，德卡德。每天早上我都去喂它，给它换纸巾——你知道，清扫它的笼子——每晚下班后我都会放它出笼，让它在房间里四处乱跑。它的笼子里有一个轮子。有没有见过松鼠在轮子上疯跑？它跑啊跑，轮子转啊转，但它一直停留在同一个位置。不过，巴费看起来喜欢轮子。”

“我猜松鼠并不是特别聪明。”里克说。

他们在沉默中继续飞行，不再说话。

十二

到了歌剧院，里克·德卡德和菲尔·雷施得知彩排已经结束了。勒夫特小姐已经走了。

“她有没有说她会去哪儿？”菲尔·雷施出示了警察证件，问舞台助理。

“去博物馆。”舞台助理研究了一会证件，“她说她想好好看看爱德华·蒙克的展览。那个展览明天就结束了。”

而鲁芭·勒夫特，里克暗想，今天就结束了。

两人一起顺着人行道走向博物馆的路上，菲尔·雷施说：“你觉得有多大把握？她可能已经跑掉了，没在博物馆。”

“也许吧。”里克说。

他们来到博物馆大楼，记下蒙克展览所在楼层，然后上了楼。很快，他们就徜徉在众多油画和木版画之间。这个展览吸引的人还挺多，包括一个语法补习班的学生。带队老师的尖利嗓音穿透了展览的所有房间。里克想，那才是仿生人该有的声音——

和长相。而不是像蕾切尔·罗森或鲁芭·勒夫特，还有身边这个人——或东西。

“你听说过哪个仿生人养宠物吗？”菲尔·雷施问他。

出于某些模糊的原因，里克觉得有必要说出残酷的真相。也许雷施已经开始给未来作准备了。“我知道的案例中，只有两个仿生人拥有和照料过动物。但这很罕见。就我所知，一般会以失败告终。仿生人养不活动物。动物需要一个温暖的环境。爬行类和昆虫除外。”

“松鼠需要吗？充满爱的环境？因为巴费过得挺好，跟水獭一样光鲜亮丽。我每隔一天给它洗一遍澡，梳一次毛。”在一幅油画前，菲尔·雷施停住了，专注地凝视着那幅画。画里是一个饱受压迫的光头生物，脑袋像只倒过来的梨，两手恐惧地捂着耳朵，嘴巴大张，正在无声地尖啸。它的痛楚，它哭喊的回声，化作一层层扭曲的波纹，冲开了周围的空气。这个人，不知是男人还是女人，已经被自己的号叫包围。它捂着耳朵，一点也不想听到自己的声音。它站在一座桥上，旁边没有别人。它独自高声尖叫，被自己的哭喊隔绝于世，没人理会。

“他为这幅画做了木刻。”里克看着下面的说明卡说道。

“我想，”菲尔·雷施说，“这就是仿生人必有的感觉。”他追踪着画面上的空气中盘旋回绕的哭喊。“我可没有这种感觉，所以，也许我不是——”他戛然而止，因为有其他几个人溜达过来看这幅画。

“**鲁芭·勒夫特在那儿。**”里克指了一下，菲尔打住了闷闷不乐的内省和自我辩护。两人慢悠悠地走向她，一副闲庭信步、没什么大不了的样子。保持寻常气氛，历来是捕猎行动的重点。其他人类并不知道身边有仿生人，赏金猎人必须不惜一切代价保护他们——就算放跑目标也在所不惜。

鲁芭穿着亮闪闪的休闲裤和金灿灿的背心，手拿一张印刷目录，全神贯注地站在一幅画前：画中的女孩双手合十，坐在床沿上，一脸的困惑、惊奇、希望和敬畏。

“要我帮你买下来吗？”里克对鲁芭·勒夫特说。他站到她身边，轻轻地握住她的上臂，用松弛的握法告诉她，他很自信她逃不了——他不用多费什么力气就能抓住她。菲尔·雷施站到她的另一边，把手放在她的肩上。里克看到他衣服下鼓起来的激光枪形状。菲尔·雷施想确保万无一失，尤其在刚才差点错过了加兰德局长之后。

“这是非卖品。”鲁芭·勒夫特漫不经心地扫了他一眼，突然认出他来，狠狠地瞪着他。然后她的眼神暗淡下来，脸上失去血色，最终面如死灰，似乎已经开始腐烂，似乎生命在一瞬间已经深深缩回它体内的某个地方，外部身体只剩下了自动化废墟。“我以为他们逮捕你了。这么说，他们又**放你走**了？”

“勒夫特小姐，”他说，“这是雷施先生。菲尔·雷施，这位是著名歌剧演员鲁芭·勒夫特。”他对鲁芭说：“逮捕我的那位巡警是个仿生人。他的上级也是。你认识——曾经认识——加兰德局长吗？他告诉我，你们都是乘坐同一艘船来的。”

“你联系的警察局，”菲尔·雷施对她说，“就是米申街上那个，看来是你们这群仿生人用来保持联络的组织机构。它们甚至自信到雇用了一个真人来当赏金猎人——”

“你？”鲁芭·勒夫特说，“你不是真人。并不比我更真。你也是仿生人。”

短暂沉默之后，菲尔·雷施用低沉克制的声音说：“好吧，这个以后再说。”他对里克说，“我们把她带回车里。”

两人一人一边，推着她往电梯方向走。鲁芭·勒夫特并不愿意跟他们走，但另一方面，她也没有用力挣扎。似乎她已经放弃抵抗了。里克以前见过，仿生人在危急时刻经常会这样。压力过大的时候，它们体内的人工生命力似乎就会失效……至少有些仿生人是这样。但不是所有仿生人。

那种生命力也可能随时剧烈爆发。

不过就他所知，仿生人有种内在的倾向：不愿引人注目。在熙熙攘攘的博物馆里，鲁芭·勒夫特估计什么也不会做。真正的抗争——对她来说是最后一次了——将会在车里发生，因为那里没人看见。周围没人的时候，她可能会突然抛下所有束缚。他暗暗作好准备，没有去想菲尔·雷施。正如雷施自己说的，这个以后再说。

走廊尽头接近电梯的地方有个小卖部，卖复制品和画册。鲁芭停在那儿逗留了一会。“听着，”她对里克说，脸上恢复了一些血色，看起来有了短暂的生机，“给我买件复制品，就是你们找到我时我在看的那幅画。女孩坐在床上的那幅。”

里克犹豫了一下，对那位戴着发网的双下巴中年女售货员说：“有没有蒙克的《青春期》复制品？”

“只有他的画册里有。”售货员说，从货架上拿下一大本光泽闪亮的画册，“二十五块。”

“我买了。”他伸手去掏钱包。

菲尔·雷施说：“按我的公务预算，再过一百万年也不能——”

“我自己的钱。”里克说。他把钞票交给售货员，把画册递给鲁芭。“我们走吧。”他对鲁芭和菲尔·雷施说道。

“真的谢谢你。”进入电梯的时候，鲁芭说，“真人身上还是有些东西很奇怪，很感动人。仿生人永远做不到。”她冷冷地看了菲尔·雷施一眼。“他永远也想不到这么做，就像他自己说的，一百万年也想不到。”她继续瞪着雷施，眼中满是厌恶和愤怒。“我真的不喜欢仿生人。自从我来到地球，我的生活完全就是在模仿真人，做真人该做的事，表现得跟真人一样有思想，有冲动。我模仿的，对我而言，是一种更高级的生命形式。”她对菲尔·雷施说，“这难道不就是你一直在干的吗？努力——”

“我受不了了。”菲尔·雷施把手伸进大衣摸索。

“不要。”里克说。他伸手去抓菲尔·雷施的手。雷施后退一步，躲开了。“博内利测试。”里克说。

“它已经承认自己是仿生人，”菲尔·雷施说，“我们不用等了。”

“但你杀它只是因为它刺激了你，”里克说，“把枪给我。”他费劲地想把激光枪从菲尔·雷施手里撬开。但菲尔·雷施仍然牢牢握着枪。雷施在狭窄的电梯里绕着圈子，左躲右闪，仍然只盯着鲁芭·勒夫特。“好吧，”里克说，“干掉它。现在就杀了它。向它证明它说对了。”然后他发现雷施真想这么干。“等等——”

菲尔·雷施开火了。同时，鲁芭·勒夫特由于剧烈的恐惧，突然一抽搐，扭身转开，向地上倒下去。光束没打正，但雷施放低枪口，安静地在她肚子上开了个小口。她尖叫起来。她靠着电梯门蹲在地上，放声尖叫。跟那幅画里一样，里克想。他抬起自己的激光枪，杀了她。鲁芭·勒夫特面朝下摔倒在地，甚至都没颤抖一下。

里克仔仔细细地用激光枪把刚买给她的画册烧成了纸灰，一丝不剩，一声不吭。菲尔·雷施看着他，完全不能理解，一脸的困惑。

“你本来可以自己留下那本画册的，”画册烧完的时候，雷施说，“你付的钱——”

“你觉得仿生人有灵魂吗？”里克打断他。

菲尔·雷施把头歪向一边，目光里满是不解。

“我买得起这本画册，”里克说，“我今天已经赚了三千块了，而且任务还没完成一半。”

“你要领加兰德的赏金？”菲尔·雷施说，“可是是我杀了他，不是你。你只是躺在那儿。还有鲁芭也是。是我干掉的她。”

“你反正不能领。”里克说，“不管是从你的警察局，还是从我的警察局。我们到你车里就给你做博内利测试，或者沃伊特·坎普夫测试，然后看看结果，虽说你不在我的单子上。”他颤抖着打开手提箱，翻了一会皱成一团的资料。“对，你不在单子上。所以从法律上，我也领不到你头上的赏金。要赚钱的话，我只能领鲁芭·勒夫特或者加兰德的赏金。”

“你确定我是仿生人？加兰德真是这么说的吗？”

“真是这么说的。”

“也许他说谎，”菲尔·雷施说，“就是为了离间我们。现在我们就分裂了。我们要是中了他们的离间计，那才是疯子。关于鲁芭·勒夫特，你说得对，我不该那么轻易被她激怒。可能是我敏感过头了。但我猜赏金猎人自然会对这种事敏感。你可能也一样。不过，仔细想想，我们反正半小时之后就要干掉鲁芭·勒夫特——只是半小时而已。她甚至都没有时间看完你买给她的那本画册。我还是认为你不应该毁掉那本画册。太浪费了。我搞不懂你的逻辑。因为根本没道理。”

里克说：“我想退出这个职业。”

“然后干啥去？”

“干啥都行。保险承保，就像加兰德本来应该干的。或者移民出去。对，”他点头道，“我要去火星。”

“但总得有人干这行。”菲尔·雷施指出。

“他们可以用仿生人。仿生人干得更好。我反正再也不行了。我受够了。她是个了不起的歌唱家。她本可以在地球上好好发挥专长的。彻底疯了。”

“但这是必须的。记住：它们是杀了真人才逃跑成功的。要是我没把你救出米申警察局，它们早已经杀了你。这就是加兰德需要我的原因。这就是他要我去他办公室的目的。波洛科夫不也差点杀死你吗？鲁芭·勒夫特不也一样？我们只是在自卫。是它们来到了我们的星球——都是些凶残嗜杀的非法移民，伪装成——”

“警察，”里克说，“赏金猎人。”

“好吧，给我做博内利测试。也许加兰德撒了谎。我觉得他撒了谎——假记忆不会那么真切。还有我的松鼠怎么解释？”

“对，你的松鼠。我忘了你的松鼠。”

“如果我是仿生人，”菲尔·雷施说，“而你又杀了我，那你可以拥有我的松鼠。这样，我写下来，立个遗嘱给你。”

“仿生人不能立遗嘱。它们不能拥有任何东西。”

“那就直接拿走好了。”菲尔·雷施说。

“也许吧。”里克说。电梯到了一楼，门开了。“你看着鲁芭，我去叫辆警车来把她送到执法部。去做骨髓测试。”他看到一个电话亭，走进去塞了枚硬币，用还在颤抖的手指拨了号。这时，那群等电梯的人围住了菲尔·雷施，还有鲁芭·勒夫特的尸体。

她真是一个超级棒的歌手，他讲完后边想边挂上电话。我不明白。这样的天才怎么会是社会的负担？但这无关天才，他对自己说。这是因为她自己。就像菲尔·雷施一样。他对社会是一样的威胁，出于一样的原因。所以我不能现在退出。他从电话亭里出来，拨开人群，走向雷施和地上的仿生人尸体。有人在她身上盖了件大衣。不是雷施的。

菲尔·雷施站在一边，狠狠地吸着一根灰色小雪茄。里克走上前对他说：“我希望你测试出来真是个仿生人。”

“你这么讨厌我啊，”菲尔·雷施惊叹道，“突如其来啊。在米申街上你怎么不讨厌我呢？在我救你命的时候？”

“我发现了一个模式。你杀死加兰德的方式和杀死鲁芭的方式。你杀仿生人的方式跟我不一样。你甚至都没有尝试——老天，”他说，“我知道了。你就是喜欢杀戮。你需要的只是一个借口。要是有借口，你也会把我杀了。所以你才能断定加兰德是仿生人。那样你就有借口杀他了。我想知道要是你通不过博内利测试，你会怎么办？你会杀了自己吗？有时候仿生人会这么干。”不过这种情形很少见。

“对，我会自己料理。”菲尔·雷施说，“你什么也不用操心，只需要给我做测试。”

警车来了。两位警察跳出警车，大步走来。他们分开人群，其中一人认出了里克，朝他点了下头。那我们就可以走了，里克意识到。我们在这里的工作已经结束了。终于。

他和雷施一起，从街上走回歌剧院，因为他们的车还停在歌剧院楼顶。雷施说："我现在就把激光枪给你。这样你就不用担心我对测试的反应。至少你的个人安全不成问题了。”他递过激光枪，里克接受了。

“没有枪，你怎么自尽呢？”里克说，“如果你通不过测试？”

“我自己屏住呼吸。”

“老天，”里克说，“这办不到。”

“在仿生人身上，交感神经不会自动介入。”菲尔·雷施说，“跟真人不一样。你接受培训时没学过这个吗？我很多年前就学过了。”

“但这么个死法——”里克抗议道。

“没有痛苦。有什么问题吗？”

“这也——”他做了个手势，却找不到话说。

“我觉得我并不需要这么死。”菲尔·雷施说。

他们一起登上战争纪念歌剧院的楼顶，来到菲尔·雷施的飞车前。

菲尔·雷施坐到驾驶座上，关上车门，说：“我希望你用博内利测试。”

“我不能。我不知道怎么打分。”我只能依赖你解释读数，他意识到。那是不能容许的。

“你会告诉我真相的，对吧？”菲尔·雷施问，“如果我是仿生人，你会告诉我？”

“当然。”

“因为我真的想知道。我**必须**知道。”菲尔·雷施再次点上雪茄。他在座位上扭来扭去，试图坐得舒服一点。但显然，怎么坐都不舒服。“鲁芭·勒夫特盯着看的那幅蒙克的画，你真的喜欢吗？”他问，“我没有一点感觉。艺术中的现实主义从来勾不起我的兴趣。我喜欢毕加索和——”

“《青春期》是一八九四年画的。”里克简洁地说，“那时只有现实主义。你应该考虑到这一点。”

“但另外那幅，那个人捂着耳朵尖叫的——那可不是表现主义。”

里克打开他的手提箱，取出测试设备。

“解释一下，”菲尔·雷施边看边说，“你得问多少个问题才能下定论?”

“六七个。”他把吸盘递给菲尔·雷施。

“把这个贴到你脸颊上。贴紧一点。还有这束光。”他瞄准了一下,“会聚焦到你的眼睛上。不要动。尽量保持眼珠稳定。”

“条件反射的波动,”菲尔·雷施敏锐地抓到了要点,“但不是对物理刺激的反射。比如,你并不测量瞳孔扩张。那就是对口头问题的反射。我们称之为畏缩问题。”

里克说:“你觉得你能控制这种反射吗?”

“恐怕不能。或许最终能控制。但控制不了第一反应的幅度。那东西意识控制不了。要不是——”他中断了一下,“开始吧。我有点紧张,要是话太多了,我抱歉。”

“没事,只管说话。”里克说。一直说到坟墓里去吧,他想。只要你喜欢。对我没有影响。

“要是我的测试结果是个仿生人,”菲尔·雷施继续唠叨,“那你就会重新相信人类。但既然结果肯定不是那样,我建议你现在就开始设想一种意识形态,好容纳——”

“这是第一个问题。”里克说。设备已经安装完毕,两根指针都在微微颤动。“反应时间是一个因素,所以你得尽快回答每一个问题。”他从记忆中选出第一个问题,开始测试。

测试完之后,里克沉默地呆坐了一会,然后开始收拾设备。

"看你的脸就知道了。"菲尔·雷施说。他长长地出了一口气，一下轻松到几乎抽筋。"好了，你可以把枪还给我了。"他伸出手，掌心向上等着。

"显然，你猜对了，"里克说，"关于加兰德的动机。他想离间我们。正如你所说。"他身心俱疲。

"你设计好新的意识形态了吗？"菲尔·雷施问，"能不能把我解释成人类的一分子？"

里克说："你的移情和角色扮演能力有缺陷。但属于我们测不到的那种，就是你对仿生人的看法。"

"我们当然不测那个。"

"也许我们该测测那个。"他以前从没想过这个问题，从没对死在他手里的仿生人感到同情。他一直以为自己内心深处只把仿生人当成聪明的机器——跟显意识里的想法一样。然而，跟菲尔·雷施一对比，他立即发现很大的不同。他的直觉感到自己是对的。对人造物品的移情？他问自己。只是假装有生命的物品？但鲁芭·勒夫特是**那样**生机勃勃，完全不像一个模拟生命。

"你明白——"菲尔·雷施低声说，"这会有什么后果。如果我们把仿生人包括在移情范围里，跟动物放在一起。"

"那样我们就不能保护自己了。"

"对极了。这些枢纽6型……它们会从我们身上碾过，把我们彻底压扁。你和我，所有赏金猎人——我们是枢纽6型和人类之间的一道屏障。还有——”他注意到里克又把测试设备取了出来，赶紧打住话头，“我以为测试已经结束了。”

“我想问自己一个问题。”里克说，“我要你告诉我指针的反应。告诉我刻度就行，我能计算分数。”他把吸盘贴在脸颊上，调整电筒，直到笔形光束直射入自己的眼睛。“准备好了？看着仪表盘。我们这次忽略反应时间，只要反应幅度。”

“没问题，里克。”菲尔·雷施亲切地说。

里克大声说：“我跟我抓到的仿生人一起乘电梯下楼。突然有人杀了它，没有一点预兆。”

“反应不大。”菲尔·雷施说。

“指针最高到了多少？”

“左边到了2.8。右边到了3.3。”

里克说：“女性仿生人。”

“现在指针分别到了4.0和6。”

“够高了。”里克说。他从脸颊上取下吸盘，关掉了电筒。“那是强烈的情感反应，”他说，“差不多是真人对大多数测试题的反应。除了一些极端的问题，比如将人皮用于装饰的那些……真正变态的那些问题。”

“这意味着——”

里克说：“我对某些特定的仿生人产生了移情。不是所有的仿生人，只有一两个。”比如鲁芭·勒夫特。所以我错了。菲尔·雷施的反应没有任何反常或反人道之处。**是我反常**。

他想，不知道以前有没有人类对仿生人产生过这种感觉。

当然，他又反思，我在工作上可能再也不会碰到这种情况。这只是一次性的个别现象，或许只是因为我对《魔笛》有感情。还有对鲁芭的歌声的欣赏，对她整个职业生涯的欣赏。以前肯定没出现过这种情况，至少他没有意识到过。对波洛科夫就没有同情。对加兰德也没有同情。还有，他意识到，要是菲尔·雷施被测出来是个仿生人，我大概也会就这么杀了他，感觉不到一丝同情，至少在鲁芭死后是这样。

真正的活人和人形物品之间，还有什么区别？在那个博物馆，在那部电梯里，我与一个真人和一个仿生人在一起……而我对他们的感情却与应有的感情相反，与我的习惯感情相反，与职责**要求**的感情相反。

"你陷入困境了啊，德卡德。"菲尔·雷施说，觉得很可乐。

里克说："我——该怎么办？"

"是因为性。"菲尔·雷施说。

"性？"

"因为她的——它的——外表很诱人。你从没想过这事吗？"菲尔·雷施大笑，"我们学过的，性在赏金捕猎行动中是一个重要问题。你不知道吗，德卡德，殖民地那里甚至有专门的仿生人情妇？"

"那是违法的。"里克说。他深知这方面的法律。

"当然是违法的。不过性活动的大多数花样都是违法的。但人们照样干。"

"有没有可能——不是性——而是爱?"

"爱是性的别名。"

"就像爱国,"里克说,"爱音乐。"

"如果是爱女人,或爱女仿生人,那就是性。醒醒吧,勇敢地面对自己,德卡德。你想跟一个女仿生人上床——如此而已,就是上床。我以前也曾有过一次这种感觉。那是我刚开始当赏金猎人的时候。别被这事拖累了。你会恢复的。其实你把顺序颠倒了。不要先杀了她,或眼睁睁看着她被杀,然后再被她的外貌迷倒。应该反过来。"

里克瞪着他。"先跟她上床——"

"然后杀了她。"菲尔·雷施简洁地说,仍然一脸沧桑粗犷的笑容。

你真是一个合格的赏金猎人,里克意识到。你的态度证明了这一点。而我呢?

突然之间,有生以来第一次,他开始怀疑自己。

十三

约翰·R. 伊西多尔下班后匆匆往家赶，像一道纯粹的火弧掠过近晚的天空。不知道她还在不在那儿，他想。还在那个堆满基皮的旧房间里，看着电视上的老友巴斯特，每次听到走廊上有脚步声靠近都会吓得发抖。就算走过来的是我。

他已经顺路去过一家黑市杂货店。旁边的座位上放着一袋精美食品，有豆腐，有熟桃子，有气味很冲的软绵绵的优质奶酪。他一会加速一会减速，弄得座位上的袋子前仰后合。他今晚紧张了点，车子开得乱七八糟。照理他的车已经修过了，但还是一会咳嗽一会挣扎，跟修前几个月一模一样。见鬼，他想。

桃子和奶酪的气味在车中汹涌澎湃，溢进他的鼻孔，令他心醉神迷。这些都是珍品，花了他跟斯洛特先生预支的两周薪水。车座下面安稳点的地方还有一瓶沙布利白葡萄酒，也在轻轻地碰来碰去。这瓶酒是珍品中的珍品，他已经在美洲银行的保险箱里存放了很久，不管别人出价多少他也不卖，就等万一哪天有个女孩终于出现。今天就是这个日子。

他的公寓楼屋顶一如既往地垃圾遍地、毫无生机，让他一看到就丧气。但走向电梯的途中，他忽略了周边环境，全部注意力都集中在手中宝贵的袋子和瓶子上，就怕被什么垃圾绊倒，造成无法挽回的经济损失，那就亏大了。电梯嘎吱嘎吱地来了，他乘电梯下楼，没停在自己那一层，而是再往下，到了新租户普里斯·斯特拉顿住的那一层。很快，他站到她门前，用酒瓶边缘轻轻敲着门，心脏几乎要跳出胸腔。

“谁？”隔着门，她的声音有些沉闷，但还是很清晰。恐惧而尖锐的语调。

“我是约翰·R. 伊西多尔。”他干脆地说。今天，他在斯洛特先生的视频电话上刚获得自信和权威感。“我这里有几样好东西，我想我们可以凑出一顿相当不错的晚餐。”

门开了一条小缝，房间里也没有光线。普里斯探头看了看外面阴暗的走廊。“你听起来像是换了个人。”她说，“成熟了许多。”

“我今天工作时处理了几件常规事务。每天都这样。如果你能……能……能让我进去——”

“你就可以好好吹一吹了。”不过，她还是把门开大，放他进去了。然后，她看到了他手中的东西，惊叹了一声，脸庞被意外的欣喜点亮，一时容光焕发。但突然之间，一道苦涩又划过了她的脸庞，凝固下来，所有欣喜都不见了。

“怎么了？”他说。他把袋子和瓶子带到厨房安置好，然后迅速走了回来。

普里斯淡淡地说：“这些好东西在我身上都是浪费。”

“为什么？”

“哦……”她耸了下肩，双手放在厚重的旧式裙子口袋里，漫无目的地走开。“总有一天我会告诉你。”她抬起眼说，“不管怎样，谢谢你。现在我希望你离开。我不想见任何人。”她向门的方向慢慢走去，脚步拖拉，似乎突然被掏空了，所有能量都在逝去。

“我知道你是什么毛病。”他说。

“哦？”她又打开门，低沉的声音里尽是虚弱、疲倦和空虚。

“你没有朋友。你现在的心情比早上还差。那是因为——”

“我有朋友，”她突然强硬起来，似乎又恢复了活力，“或者说我曾经有过。七个。最初有七个，但现在，赏金猎人已经开始行动。所以我那些朋友中有一些——或者全部——已经死了。”她转悠到窗边，看着窗外的一片黑暗和零星灯火。“我可能是八个人里唯一活下来的。也许你说对了。”

“什么是赏金猎人？”

“对了，你们老百姓不应该知道。赏金猎人是一种职业杀手，领到一份名单，就按名单去杀人。每干掉一个，就会得到一笔赏金——我知道的现价是一千块。他们通常跟市政当局有个合同，所以也有固定工资。不过工资一般很低，这样他们才有动力去杀人。”

“你确定？”伊西多尔问。

“对，”她点头道，“你是问他们有没有动力？他们当然有动力。他们**最喜欢**杀人了。”

“我想，”伊西多尔说，“你肯定是搞错了。”他这辈子从没听过这种事。老友巴斯特从没提过这个。“这违反了现代默瑟主义伦理。”他指出，“所有生命都是一体的。‘没有谁是一座孤岛’，就像古时候莎士比亚说的。”

“是约翰·多恩。”

伊西多尔激动地挥着手。“这样的坏事闻所未闻。你不能报警吗？”

“不能。”

“他们在**找**你？他们能轻易来到这里杀了你？”他终于明白了这个女孩的举动为什么这么神秘。“难怪你吓坏了，谁也不想见。”但他想，这肯定是幻觉。她肯定也精神分裂了，幻想自己被迫害。也许是放射尘导致的脑损伤。也许她也是特障人。“我会先干掉他们。”他说。

“用什么？”她虚弱地一笑，露出了细密整齐的白牙。

“我会去申请一个激光枪执照。这里荒无人烟，还是很容易申请到的。警察不在这里巡逻，所以我们本来就应该保护自己。”

“你上班的时候呢?”

“我会请假。”

普里斯说:“谢谢你，约翰·R.伊西多尔。但要是赏金猎人已经干掉了其他几位，马克斯·波洛科夫、加兰德、鲁芭、哈斯金、罗伊·贝蒂——”她停了一下，“罗伊和伊姆加德·贝蒂。要是他们都死了，那就真没什么区别了。他们是我最好的朋友。见鬼，不知道为什么还是没有他们的消息。”她生气地骂出声来。

他走进厨房，取出许久没用过的积满灰尘的盘子、碗和杯子，放到池子里清洗。他先让水龙头放了一会锈色的热水，直到最后水色变清。普里斯很快跟过来，坐到桌前。他打开沙布利酒，切开桃子、奶酪，还有豆腐。

“白色的那个是什么？我不是说奶酪。”她指着问。

“那是黄豆浆做的。多希望我有些——”他脸一红，停了一下，“以前豆腐是用牛肉汁拌着吃的。”

“仿生人，”普里斯嘀咕道，“这就是仿生人容易忽略的地方。这就是马脚。”她走过来，站到他身边，用一只手环抱住他的腰，紧紧地抱了一会，吓了他一跳。

“我想尝一片桃子。”她说，然后用纤长的手指挑出一片毛茸茸、滑溜溜的粉橙色桃子。她一边吃桃子，一边开始哭。冰凉的眼泪滑过面庞，打在她胸前的衣服上。他不知如何是好，只好继续分发食物。“见鬼！”她怒气冲冲地说。“唉——”她离开他身边，缓缓地在屋子里走来走去。“你知道吗，我们在火星上住过。这就是我认识仿生人的原因。”她的声音在颤抖，但她控制住了自己。显然，有个人可以倾诉，现在对她来说非常重要。

“而在地球上，”伊西多尔说，“你只认识那些跟你一起移民回来的伙伴。”

“我们在那之前就认识了。那是在新纽约附近的定居点。罗伊·贝蒂和伊姆加德开了一家药店。他是个药剂师，她负责美容用品，就是那些乳霜、药膏什么的。火星上的人都大量使用护肤品。我——”她犹豫了一下，“我从罗伊那里购买各种药品。起先我需要那些药，是因为——唉，总之，那是个可怕的地方。而这——”她的手猛地一扫，把整个房间、整个公寓都囊括在内，“这算什么啊？你以为我痛苦是因为孤独。老天，整个火星都孤独。比这里还孤独得多。”

“不是有仿生人给你做伴吗？我听过一个广告——”他坐下来，开始吃东西，她也立即端起一杯酒，面无表情地啜了一口。“我的理解是，仿生人会帮你们忙。”

“仿生人——”她说，“也会感到孤独。”

“喜欢这酒吗？”

她放下杯子。“不错。”

“这是我三年来见过的唯一一瓶酒。”

“我们回来，”普里斯说，“是因为没人应该被强制住在那里。那里本来就不是人住的地方，至少过去十亿年来一直如此。那地方**太古老**了，你能从石头里感觉到那种老朽不堪。总之，起初我从罗伊那里买药。我活着就是为了那种新的合成止痛药，那种叫赛伦内的药。然后我遇到了开邮票店的霍斯特·哈特曼，他卖很珍贵的那种邮票。在那里，你手上的时间多到用不完，一定要有个爱好，有个你可以无穷无尽反复欣赏的东西。霍斯特勾起了我对前殖民小说的兴趣。”

“你是说旧书？”

“就是在太空旅行开始之前，写太空旅行的书。”

“太空旅行开始之前？那时怎么会有写太空旅行的书——”

“都是作者——”普里斯说，“编出来的。”

“根据什么编？”

“根据想象。许多时候他们编得都不对。比如，他们写水星是个丛林天堂，里头有巨大的魔兽，还有穿着亮闪闪胸甲的女人。”她看了看他，“有兴趣吗？大块头的女人，长长的金发辫子，还有像西瓜那么大的亮胸甲。”

“没兴趣。”

“伊姆加德倒是有一头金发，”普里斯说，“不过她个子很小。总之，把那些前殖民小说，那些旧杂志、书籍和电影走私到火星，是很挣钱的。真是激动人心啊。读到那些城市，那些巨型工厂，那种真正成功的殖民地。你可以想象那会是什么样子。火星本来**应该是**那种样子。运河什么的。”

“运河？”他模糊地记得在哪儿看到过。古时候，人们相信火星上有运河。

“纵横行星表面的运河。”普里斯说，“还有来自别的恒星系的生命。有无限智慧的那种。还有关于地球的故事，时间设定在我们的时代，还有未来，但没有放射尘。”

“我可以想象，”伊西多尔说，“这让你感觉更糟了。”

“那倒没有。”普里斯简洁地说。

“那你有没有带回来一些前殖民阅读材料？”他想，也许可以试试这种口味的书。

“在地球上，那些书一钱不值。因为在这里，那些书从没形成阅读风潮。而且，地球上有很多这样的书，在图书馆里。我们就是从那儿弄到这些书的——从地球图书馆偷出来，用自动火箭射向火星。你晚上在旷野里瞎转，突然看到一团火光，然后找到一枚破裂的火箭，一大堆前殖民小说和杂志撒得满地都是。这样你就发财了。当然，你自己先读过以后才会卖掉。”她正要打开话匣子，“在所有——”

突然传来了敲门声。

普里斯一下面如死灰。“我不能过去。别出声。坐着别动。”她绷紧全身，仔细聆听。“不知道门有没有锁。”她的声音低到几乎听不见。“老天，希望锁上了。”她的眼睛狂野猛烈地死死盯着他，似乎在祈求他让她的希望成真。

遥远的声音从走廊里传来，“普里斯，你在吗？”是个男人的声音，“我们是罗伊和伊姆加德。我们收到了你的明信片。”

普里斯站起身，从卧室取来一支笔和一本便笺。她重新坐下，匆匆写了张字条。

“你去应门。”

伊西多尔紧张地拿过笔，写道：

“说什么？”

普里斯生气地写道：

“看看是不是他们。”

他站起来，郁闷地走进客厅。我怎么知道是不是他们，他问自己。他打开了门。

阴暗的走廊里站着两个人。一个是可爱的小个子女人，神似葛丽泰·嘉宝，蓝眼金发。男人的块头比较大，两眼精明，平板的蒙古人脸型，一脸凶恶。女人上身围着时髦的披肩，下身是锥形裤，脚上是闪亮的靴子。男人穿着皱巴巴的衬衫，裤子上满是污渍，好像故意要表现得粗犷似的。他对伊西多尔笑了一下，但明亮的小眼睛里仍然没有神情。

“我们在找——”小个子金发女人刚开口，目光越过伊西多尔，脸上突然迸出狂喜，像一阵风似的冲过他，叫了起来。“普里斯！你好吗？”伊西多尔转过身来。两个女人紧紧地抱在了一起。他向旁边让开，罗伊·贝蒂高大的身形走了进来，沉着镇定，皮笑肉不笑。

十四

“可以说话吗？”罗伊说，指了指伊西多尔。

普里斯欣喜若狂，说：“一定限度内可以。”她对伊西多尔说：“失陪一会。”她带着贝蒂夫妇到一边去嘀咕了一会儿，然后三人一起回到全身不自在的伊西多尔面前。“这是伊西多尔先生。”普里斯说，“他正在照料我。”话中似乎带了恶意的反讽。“看见了吗？他给我带了一些天然食物。”

“食物。”伊姆加德重复道，迈着轻盈的小碎步跑进了厨房。“桃子。”她说，立即拿起了一只碗和一把汤匙。她向伊西多尔微笑了一下，像小动物般轻快地小口吃了起来。她的笑容跟普里斯的不一样，只有纯粹的温暖，没有什么暗藏的弦外之音。

他被她吸引，走向她说：“你们是从火星来的。”

“对，我们放弃了。”她的声音起伏着，蓝色的眼睛闪闪发亮，小鸟一般敏锐地看着他。“你这座楼真是糟透了。没别人住这里，对吗？我们没看到别的灯光。”

“我住楼上。”

“哦，我以为你和普里斯住一起呢。”伊姆加德·贝蒂的语气并无不满，显然，她只是在陈述一个普通观点。

罗伊脸上挂着笑，但口气冰冷地说：“唉，他们干掉了波洛科夫。”

普里斯的喜悦之情瞬间冰消雪融。“还有谁？”

“还有加兰德，”罗伊·贝蒂说，“还有安德斯和基彻尔。今天早些时候，还有鲁芭。”他传递这些消息的口气，似乎有种病态的愉悦。就好像普里斯越震惊，他就越高兴。“我以为他们抓不到鲁芭。还记得我路上一直在说这个吗？”

“那就只剩下——”

“我们三个。”伊姆加德忧虑焦急地说。

“这就是我们来到这里的原因。”罗伊·贝蒂的声音轰然作响，带着出人意料的新的暖意。情形越糟，他就越享受。伊西多尔一点也理解不了他。

“哦，天。”普里斯衰弱地说。

“唉，他们有个侦查员，赏金猎人，”伊姆加德气呼呼地说，“名叫戴夫·霍尔登。”提到这个名字，她的嘴角几乎要滴出毒涎。“波洛科夫差点干掉他。”

“**差点**干掉他。”罗伊重复道，笑容更加灿烂。

“现在这个霍尔登进了医院。”伊姆加德续道，“然后，他们显然把他的名单给了另一个赏金猎人。波洛科夫也差点干掉他。但他最终还是干掉了波洛科夫。然后，他又去找鲁芭。我们之所以知道这一点，是因为鲁芭设法找到加兰德，加兰德派了个人去逮捕赏金猎人，把他带到了米申街那座楼。她以为万事大吉了，以为加兰德一定会杀了他。”她补充说，“但显然，米申街上哪儿出了错。我们不知道是哪儿出了错。也许永远也不会知道。”

普里斯问："这个赏金猎人知道我们的名字吗?"

“哦，当然，亲爱的。我猜他有我们的名字。”伊姆加德说，“但他不知道我们在哪儿。罗伊和我不会回原来的公寓了。我们的车子塞满了行李。我们也决定在这座破楼里找个空房间住下。”

“这样明智吗?”伊西多尔鼓起勇气说，“把所有鸡蛋都放在同一个篮子里?”

“嗯，其他人都被他们消灭了。”伊姆加德实事求是地说。她跟她丈夫一样，表现出听天由命的奇特心态，尽管脸上还满是愤懑。他们每一个，伊西多尔想，都是那么奇怪。他能感觉到奇怪，却说不出哪里奇怪。他们的思维过程似乎弥漫着一种古怪恶劣的**抽象性**。当然，除了普里斯以外。她是彻底吓坏了。普里斯几乎像个普通人，几乎正常。但是——

“你为什么不跟他同居?”罗伊指着伊西多尔问普里斯，“他可以给你一定程度的保护。”

“一个鸡头？”普里斯说，“我才不跟鸡头住一起呢。”她鼻孔翕张。

伊姆加德迅速说：“我觉得这不是你摆架子的时候。赏金猎人的行动很快，可能今晚就想完成全部任务。他甚至可能有额外奖金，要是能赶在——”

“老——天，快关门。”罗伊说。他来到门前，抬手狠狠一推，关上了门，牢牢锁住。“我想你应该与伊西多尔同居，普里斯。伊姆加德和我也应该住在这座楼里，这样我们可以互相照应。我车里有些电子器件，是从飞船上拆下来的。我会装一套双向窃听器，这样你就能听到我们，我们也能听到你。我还会配置一套警报系统，让我们四人中任何一个都可以触发警报。伪造身份显然是不灵的，就算加兰德那种也不灵。当然，加兰德把赏金猎人带到米申街总部，这本身就是自寻死路，大错特错。还有波洛科夫，本来应该离猎人越远越好，反而去接近猎人。我们不会这么做。我们就在这儿按兵不动。”他响亮地吸了一口气，把所有人，包括伊西多尔的注意力都吸引过来。“我想，我们三个到现在还活着，是有原因的。他要是知道我们在哪儿，早就冲过来了。赏金捕猎的精髓就是兵贵神速。那是利润的源泉。”

“如果他拖延，”伊姆加德同意，“那我们就溜了。像这次我们就溜了。我敢打赌罗伊猜得对，他有我们的名字，但没有我们的地址。可怜的鲁芭，曝光在战争纪念歌剧院里，大庭广众之下。找到她一点也不困难。”

“唉，”罗伊生硬地说，“她就想过那样的生活。她认为作为一个公众人物会更安全。”

“你警告过她来着。”伊姆加德说。

“对，”罗伊同意，“我警告过她。我也告诉过波洛科夫，不要以为伪装成华约人员就能蒙混过关。我还告诉过加兰德，有一天他自己手下的赏金猎人会逮到他的马脚。很有可能加兰德这回就是这么栽了。”他的身子以厚重的鞋子为轴心，前后摇摆了几下，一脸智慧深沉。

伊西多尔开口说道：“我……我……我听……听……听了贝蒂先生一席话，感觉他是你们的天然领袖。”

“哦，对，罗伊是个领袖。”

“那么，”伊西多尔说，“你们最好听从他的意见。”他的话断断续续，充满期待和紧张。“我觉得，普里斯，要是你跟……跟……跟我同居，那就好……好……好极了。我会在家待几天，不去上班……我很快就有个假期。我要确保你没事。”而且，善于发明创造的米尔特也许可以设计出一件武器让他使用。某种匪夷所思的武器，可以用来杀那些什么猎人……不管他们是什么。他似乎有种惊鸿一瞥的黑暗印象：那些人残忍无情，带着一张名单和一支枪，像机器一般驶过平坦无聊的杀人任务。都是些没有感情，甚至没有脸面的东西。这东西要是被杀了，立即会被另一个一模一样的东西取代。如此等等。直到每个活生生的真人都被射杀。

他想，真是不可思议，警察竟然拿他们没办法。太难以置信了。**这几位肯定犯了什么事**。也许他们移民回地球是非法的。电视上说，要举报一切在指定场地外降落的飞船。警察也许一直在监视这种事。

但就算这样，现在已经没有人会故意杀人了。这跟默瑟主义是矛盾的。

“这个鸡头，”普里斯说，“喜欢我。”

“不要叫他鸡头，普里斯。”伊姆加德说，“想想他会怎么称呼**你**。”

普里斯什么也没说。她的表情变得高深莫测。

“我现在就开始弄窃听器。”罗伊说，“伊姆加德和我就留在这个房间里。普里斯，你跟伊西多尔先生一起走。”他向门口走去，这么大块头的人居然走得极快。他一闪身就出了门，门呼的一下拉开，又砰的一声关上。有一瞬间，伊西多尔看到一个奇怪的幻象。他看到一个金属身影，里面满是滑轮、线路、电池、转塔和齿轮——然后，罗伊·贝蒂的邋遢身影又淡入视野。伊西多尔差点笑出声来。他不安地憋住了笑，然后大惑不解。

“实干家一个。”普里斯恍惚地说，“可惜他的手脚笨了点，尤其是折腾机械装置。”

“如果我们得救了，”伊姆加德严厉地说，似乎是在训斥她，“那就要感谢罗伊了。”

“可是值不值得呢？”普里斯似乎是在自言自语。她耸了下肩，对伊西多尔点了点头，“好吧，约翰，我搬到你那儿去，你可以保护我。”

“保护你们大……大……大家。”伊西多尔立即说。

伊姆加德·贝蒂正式庄严地低声说：“我希望你知道，我们非常感谢你，伊西多尔先生。我想，你是我们这么多人在地球上找到的第一个朋友。你真是个好人。也许什么时候我们可以报答你。”她行云流水般地滑到他身边，拍了拍他的胳膊。

“你带没带前殖民小说？让我看看。”他问她。

“什么？”伊姆加德不解地瞥了普里斯一眼。

“那些老杂志。”普里斯说。她收拾了几样物品带上。伊西多尔从她怀里取过这些东西。他的目标终于达成，一时容光焕发。“没有，约翰，我们没有带书回来。原因我解释过。”

“明天我就去……去……去图书馆，”他边说边走到走廊里，“去为你弄……弄……弄几本书来，这样，你在家等我的时候也有事可做。”

他带着普里斯上楼，来到他自己的房间，黑暗、空旷、憋闷、平淡，一如既往。他把她的东西直接拿去卧室，然后立马打开了暖气、电灯，还有只有一个频道的电视。

“我喜欢这里。”普里斯说，但口气冷漠生分——跟以前一样。她在屋里转来转去，手插在裙子口袋里，脸上现出的别扭不快几乎理直气壮，跟嘴上说的完全是两码事。

“怎么了？”他边说边把她的物品摆放在沙发上。

“没什么。”她在落地窗前停下，拉开窗帘，忧郁地往外看。

“要是你觉得他们在找你——”他开口道。

“这是个梦。”普里斯说，“是罗伊给我的药激发的梦。”

“什……什……什么？”

“你真的以为有赏金猎人存在？”

“贝蒂先生说他们杀了你的朋友。”

“罗伊·贝蒂跟我一样，都是疯子。”普里斯说，“我们的旅程，只是从东岸的一家精神病院来到这里。我们都是精神分裂患者，没有正常情感——所谓的情感缺失症。我们有集体幻觉。”

“我就觉得那不像真的。”他大大松了口气。

“为什么不像真的？”她猛地转过身来，死死盯着他，眼神严肃到让他脸红。

“因……因……因为那样的事不可能发生。政府不会杀人，不管你犯了什么罪。还有默瑟主义——”

“但你知道，”普里斯说，“如果你不是人类，那就不一样了。”

“不对。即使是动物——即使是鳝鱼、囊鼠、蛇、蜘蛛，也都不可侵犯。”

普里斯仍然紧紧地盯着他，说：“那就不可能发生了，是吗？就像你说的，即便是动物，也受法律保护。所有生命，每一个有机生命，会爬行、会蠕动、会钻地、会飞天、会群居、会下蛋、会——”她突然中断，因为罗伊·贝蒂突然甩开门，带着身后一大团电线闯了进来。

“尤其是昆虫，”他说，一点也不掩饰自己听到了他们说话，“更是神圣不可侵犯。”他从客厅墙上取下一幅画，把一个小小的电子仪器贴在钉子上，后退一步看了看，然后又把画挂了回去。“现在轮到警报器了。”他把那团连着一个复杂设备的电线收拾起来，仍然带着一脸别扭的笑容。他让普里斯和约翰·伊西多尔看了看那个设备。“这个就是警报器。这些线藏在地毯下面。这些都是天线，能检测到——”他犹豫了一下，“完整意识的存在。”他含糊地说道。“我们四个都不符合条件。”

“要是警报响了，”普里斯说，“我们怎么办？他肯定有枪。我们难道要跳到他身上把他咬死？”

“这个设备，”罗伊续道，“内置了一个彭菲尔德单元。警报一触发，就会朝入侵者发射一道惊恐情绪。除非他动作特别快——这也很有可能。那是一种巨大的惊恐。我把增益调到了最大。人类在这附近坚持不了几秒钟。惊恐会导致随机杂乱的动作、没头没脑的挣扎，还有肌肉和神经的痉挛。”他总结道，“那样我们就有机会干掉他。当然，这只是一种可能性。取决于他有多强。”

伊西多尔说：“那种情绪会影响到我们吗？”

“对啊，”普里斯对罗伊·贝蒂说，“那会影响到伊西多尔。”

“嗯，那又怎样？”罗伊说道，继续装他的警报器，“他们俩会一起吓得乱窜。我们还是会有时间作出反应。他们不会杀掉伊西多尔。他不在名单上。这也是为什么他可以掩护我们。”

普里斯生硬地问：“你就不能只瞄准入侵者吗？”

“不行。”他答道，“办不到。”

“我明天就能弄……弄……弄到一支枪。”伊西多尔再次开口。

“你确定伊西多尔的存在不会触发警报？”普里斯说，“毕竟他是——你知道。”

“我已经针对他的脑波辐射作了补偿。”罗伊解释道，“他根本触发不了什么。需要再加一个人类，正常人那种。”他皱了下眉，瞥了伊西多尔一眼，意识到自己的话也许不合适。

“你们是仿生人。”伊西多尔说。不过他不在意。对他来说没有区别。“我知道他们为什么要杀你们。”他说，“你们并不是真正的生命。”现在，一切都说得通了。从赏金猎人，到他们那些朋友被杀，到飞回地球的旅程，到所有这些防范措施。

“刚才我说‘人类’的时候，”罗伊·贝蒂对普里斯说，“我用错词了。”

“没错，贝蒂先生。”伊西多尔说，“但对我有什么关系？我是说，我是个特障人。他们对我也不怎么好。我都没资格移民。”他发现自己像个话痨鬼一样开始饶舌。“你不能来这里，我不能——”他努力镇定下来。

沉默了一会，罗伊·贝蒂简洁地说：“你不会喜欢火星的。你没错过什么。”

“我不知道需要多久你才会意识到，”普里斯对伊西多尔说，“我们不一样，对吧？”

“那就是加兰德和马克斯·波洛科夫所犯的错误，”罗伊·贝蒂说，“他们对自己的伪装自信过头。还有鲁芭。”

“你很聪明。”伊西多尔说。他发现自己能够理解这些事，心里兴奋起来。兴奋而自豪。“你的思维很抽象，而且你不会——”他猛做手势，舌头却打结，说不上话来，跟往常一样。“多希望我的智商跟你一样高。那样我就能通过测试，不再是鸡头。我觉得你非常高级。我可以从你这儿学到很多。”

过了一会，罗伊·贝蒂说：“我接着装警报器吧。”随后他继续埋头工作。

“他还是不明白——”普里斯尖锐响亮地说，“我们是怎么离开火星的，以及我们在那儿干了什么。”

“我们不得不这样做。”罗伊·贝蒂咕哝道。

伊姆加德·贝蒂开口时，他们才注意到她也来了，就站在门边。“我觉得我们不需要担心伊西多尔先生。”她热切地说。她迅速走到伊西多尔面前，抬头看了看他的脸。“他们对他也不太好，就像他自己说的。我们在火星上干了什么，他一点也没兴趣知道。他认识我们，喜欢我们，这种情感上的接纳——对他来说就是一切。对我们来说，这很难理解，不过却是事实。”她再次贴近伊西多尔，抬头盯着他，“你知道吗，举报我们的话，你可以拿到很多钱。”她又转身对她丈夫说：“看，他知道，但什么也不会说。”

“你是个伟大的人，伊西多尔。”普里斯说，“你是你们种族的荣耀。”

“要是他是仿生人，”罗伊直率地说，“他明早十点就会去举报我们。然后再去上班，就跟没事似的。我真是崇拜得五体投地。”他的口气难以索解。至少伊西多尔破译不了。“我们还曾想象这会是个没有朋友的世界，一个充满敌人的星球，所有人都反对我们。”他放声大笑。

“我一点也不担心。”伊姆加德说。

“你本来应该从头到脚都给吓得冰冰凉的。”罗伊说。

“我们投票吧。”普里斯说，“就像我们在飞船上出现分歧时那样。”

“嗯，”伊姆加德说，“我也不再说什么了。但要是拒绝这个机会，我们就再也找不到别的人类来接纳我们，帮助我们。伊西多尔先生真是太——”她想了一会该用哪个词。

“特殊了。”普里斯替她说。

十五

投票在庄严的仪式中进行。

“我们留在这里。”伊姆加德坚决地说，“在这个房间里，在这座楼里。”

罗伊·贝蒂说：“我投票杀掉伊西多尔，然后藏到别的地方去。”他和他的妻子——还有约翰·伊西多尔，一齐紧张地望向普里斯。

普里斯低声说：“我投票我们留在这里。”又提高声音补充说，“我想，约翰知道我们是仿生人，对我们利大于弊。显然，如果我们生活在普通人类中间，肯定会被发现。那就是波洛科夫、加兰德、鲁芭和安德斯被杀掉的原因。所有人都是这个原因。”

“也许他们曾跟我们现在一样，”罗伊·贝蒂说，“信任和依赖一个特定的真人，他们觉得与众不同的人。就像你说的，特殊的人。”

“这并不是确定的事实，”伊姆加德说，“只是个猜想。我想，他们，他们——”她做了个手势。“到处转悠，或者像鲁芭那样上台演唱。我们太相信——我告诉你，罗伊，我们之所以失败，就是因为太相信我们这种见鬼的超级智力！”她瞪着丈夫，小巧尖挺的胸脯迅速起伏。“我们**聪明过头**了——罗伊，就像你现在这样。见鬼，就像你**现在**这样！”

普里斯说：“我想伊姆加德说得对。”

“那我们就把生命寄托在这个劣等无能的——”罗伊开了个头，然后放弃了。“我累了。”他简单地说，“来地球的旅途很长，伊西多尔。但显然还不够长。很不幸。”

“我希望，”伊西多尔高兴地说，“我可以帮你们愉快地待在地球上。”他很确信自己办得到。对他来说，这简直易如反掌，有鉴于他一生的积累——以及他今天上班时在视频电话上找到的自信。

当晚，里克·德卡德一下班就驱车穿过城市，来到动物专卖大道：好几个街区的名牌动物经销商，巨大的展示窗，妖艳的霓虹灯。先前心里充斥的那种可怕古怪的沮丧情绪，这时还没消失。来这里跟动物和经销商打打交道，貌似是那片沮丧阴云中唯一的弱点。只要抓住这个弱点，他就可以烧光整片阴云。至少按以往的经验，一看到动物，一闻到大笔金钱交易的味道，他就会心情大好。这次应该也一样。

"你好，先生。"他正站在那儿无助地呆看着展示窗，一名衣冠楚楚的动物销售员过来跟他搭话，"看到什么喜欢的动物了吗？"

里克说："很多动物我都喜欢。不喜欢的是价钱。"

"告诉我们你想要什么样的价位。"销售员说，"你想带什么回家，想怎样付款。我们把整个交易打包拿给销售经理，他肯定会大方批准。"

"我有三千块现金。"他问，局里下班前已经把赏金付给他了，"那一家兔子要多少钱？"

"先生，如果有三千首付，一对兔子对你来说就太低端了。一只山羊怎么样？"

"我好像没考虑过山羊。"里克说。

"能不能问一下，这对你来说是个新价位吗？"

"嗯，我通常不会随身带三千块。"里克承认。

"你一提兔子，先生，我就知道。兔子有一点不好，先生，就是人人都有一只。我想让你升级到山羊，那才配得上你。坦白说，你一看就像是养山羊的人。"

"山羊有什么好处？"

销售员说："山羊最显著的好处就是，你可以教它顶小偷，谁敢偷它，它就顶谁。"

"但要是小偷先用麻醉枪打它，然后从悬停的飞车上爬绳梯下来——”里克说。

销售员毫不气馁地继续说:“山羊很忠诚。它有自由天然的灵魂，不会被笼子羁绊。山羊还有一个独一无二的特点，你可能不知道。你经常花大价钱把一只动物买回家后，某个早晨却发现它不小心吃了什么放射性的东西，死了。但山羊不怕受污染的东西，它可以随便乱吃。那些东西就算能放倒牛或马，特别是猫，也放不倒山羊。作为长期投资，我们觉得，对认真养动物的人来说，山羊——尤其是母山羊——是无与伦比的选择。”

“那只山羊是不是母的?”他注意到笼子正中央站着一只黑色的大山羊。他朝山羊走去，销售员紧紧地跟着他。里克觉得这只山羊美极了。

“是的，这只山羊是母的。努比亚黑山羊，个头超大，你也看见了。这是今年市场上的超级抢手货，先生。而且我们现在有一个特别低、特别优惠的价格。”

里克取出皱巴巴的《西尼目录》，查到了山羊，黑色努比亚。

“是全现金支付吗?”销售员问，“还是你会贴换一只旧的动物?”

“全现金。”里克说。

销售员在一张纸条上涂了个价钱，半遮半掩地给里克看了一眼。

“——太贵了。”里克说。他拿过纸条，写了一个更适中的价钱。

“山羊的进货价都不止这个数。”销售员抗议道。他又写了另一个数字。“这只山羊还不到一岁。她的预期寿命很长。”他给里克亮出数字。

“成交。”里克说。

他签署了分期付款合同，交出三千块现金——这是今天所有的赏金——作为首付。很快，他晕乎乎地站在飞车旁，看着动物经销商的工作人员把山羊箱子装进他的车里。我拥有一只动物了，他想。一只活的动物，不是电子的。这辈子第二次啊。

巨大的开销，合同上的高额欠款，也把他吓着了。他发现自己在颤抖。但我不得不买，他想。与菲尔·雷施共事的经历——我必须把自信找回来，把对我自己、对我的能力的信念找回来。要不然就保不住工作了。

他用麻木的手驾车飞上天空，往家的方向飞去。伊兰肯定会生气，他想。因为她会担心欠款要怎么还。而且，既然她整天在家，大部分维护照料任务也会落在她身上。他越想越郁闷。

他把车在自家楼顶停好后，坐了一会，在脑中编织了一套套逼真的故事。我的工作需要它，他想，不然就要触礁了。这是地位的象征。我们不能再养电子羊了，因为它太打击士气。跟她说这条估计就行了，他决定。

爬下车后，他设法从后座把箱子移了出来，费了九牛二虎之力才把它放妥到地上。在这过程中，山羊一直在箱子里滑来滑去。它双目炯炯地与他对视，一声不吭，似乎洞察到了什么。

他下到自己的楼层，走过熟悉的走廊，来到自家门前。

“哎，”伊兰正在厨房里忙碌地准备晚餐，跟他打了个招呼，“今晚为啥这么迟？”

“到楼顶上去，”他说，“我给你看一样东西。”

“**你买了只动物**。”她解下围裙，下意识地向后捋了下头发，跟着他走出房间。他们在走廊里急切地大步前行。“你不该自己一个人去买。”伊兰喘着气说，“我有权参与这个决定，这是我们要买的最重要的东西——”

“这是我给你的惊喜。”他说。

“你今天又领到赏金了。”伊兰用指责的口气说。

里克说：“对，我今天消灭了三个仿生人。”他们走进电梯，一起往天堂的方向升去。“我必须买这个。”他说，“今天出了点事。消灭它们的时候出的事。要是不买只动物，我就没法继续工作了。”电梯来到楼顶，他领着妻子走入夜色，走向笼子。他打开全楼公用的聚光灯，默默地指着山羊，等着她的反应。

“哦，我的天。”伊兰轻轻地说。她走到笼子前，往里细看，然后绕着笼子转了一圈，把山羊从所有角度看了一遍。“真的是真山羊吗？不是假的？”

“绝对是真的，”他说，“除非我被骗了。”但那很少发生。造假的罚款非常严厉，是真动物市场价的两倍半。“不，他们不可能骗我。”

“是一只山羊，”伊兰说，“努比亚黑山羊。”

“母的。”里克说，“将来我们也许可以让它交配。然后我们就有山羊奶，可以做奶酪。”

“我们可以放它出来吗？放到原来那只电子羊待的地方？”

“还是应该拴起来，”他说，“至少头几天得拴着。”

伊兰用几乎细不可闻的声音说：“‘我的生命是爱和喜乐。’约瑟夫·斯特劳斯的一支很老很老的歌。记得吗？我们初遇的时候。”她温柔地把手放在他肩头，靠向他，吻了他一下。“很多的爱。还有很多的喜乐。”

“谢谢。”他说，抱住了她。

“我们下楼去对默瑟感恩吧。然后再上来给她取名字。她需要一个名字。然后你或许可以找根绳子系着她。”她抬脚就要走。

他们的邻居比尔·巴伯正在一边梳洗打扮他那匹名叫朱迪的马，这时向他们喊道：“哎，你们的山羊真漂亮，德卡德夫妇。恭喜恭喜。晚上好，德卡德太太。也许你以后会有小山羊。我说不定会用我的小马驹换两只小山羊。”

“谢谢。”里克说，跟着伊兰走向电梯。“这治好你的抑郁了吧？”他问她，“反正我的是治好了。”

伊兰说：“我的当然也治好了。现在我们可以向大家坦白先前那只绵羊是假的了。”

“没必要。”他小心地说。

“但我们**可以**。”伊兰坚持说，“你看，我们现在不用隐瞒什么。我们一直想要的东西已经实现了。像做梦一样！”她又一次踮起脚尖，倾过身来敏捷地吻了他一下——热切凌乱的呼吸吹痒了他的脖子。然后她伸手去戳电梯按钮。

他心中警兆忽现，不知为什么感到一阵不安。他突然说：“我们先别下楼，先在这里跟山羊待一会。我们就坐在这儿看着她，喂她点什么。他们给了我一袋燕麦，免费的。我们可以叫她尤菲米娅。”可是电梯来了，伊兰已经快步走了进去。“伊兰，等一下。”他说。

“不跟默瑟融合，不去感恩，是很不道德的。”伊兰说，“我今天握了一会共鸣箱的手柄，抑郁有所改善——只是一点点，跟这个不一样。总之，我挨了一块石头，这里。”她举起手腕，他看到一小块瘀青。“我记得我当时还想，跟默瑟在一起的时候是多么美好，我们都变成了好人。尽管有痛苦。身体上痛苦，但精神上我们结合在一起。我能感觉到全世界所有人，所有当时融合进来的人。”她挡住正要关上的电梯门，“进来吧，里克。只要一小会儿。你几乎从来不去融合。我想要你把现在的情绪分享给大家。你欠他们的。只顾自个儿高兴是很不道德的。”

她说得当然很对。他进入电梯，一起下楼。

伊兰来到客厅里的共鸣箱前，啪一下打开了开关。她的脸上洋溢着欢乐，像有一弯刚升起的新月照亮了她。“我要大家都知道。”她告诉他，“我遇到过一次这种情况，融合的时候碰上一个刚买了动物的人。后来有一天——”她的表情黯淡下来，所有喜乐都消失了。“有一天，我碰上一个刚刚死了动物的人。但我们其余人跟他分享了各种不同的快乐——我没有快乐可分享，你知道——这样那个人才开心了一些。我们今天甚至可能碰上某个打算自杀的人。我们现在的情绪，我们的快乐，可能——”

“他们将分享我们的快乐，”里克说，“但我们的损失呢？用我们的情绪交换他们的情绪。我们的快乐就会损失。”

共鸣箱显示器这时开始流光溢彩。他的妻子深吸一口气，牢牢握住了两个手柄。“我们不会真的损失我们的情绪，只要我们在脑中牢记住我们为什么高兴。你从来没有理解融合是怎么回事，对吧，里克？”

“看来没有。”他说。但他第一次体会到，像伊兰这样的人从默瑟主义那里得到了什么。大概是今天他与赏金猎人菲尔·雷施的际遇，改变了他的某处神经触突，关掉了一个神经开关，却打开了另外一个。这可能导致了一系列连锁反应。“伊兰，”他赶紧说，把她从共鸣箱前拉开，“听我说。我要跟你说一下我今天碰到的事。”他把她牵到沙发前坐下，让她面对着他。“我碰到了另一个赏金猎人，”他说，“我以前不认识他。一个生性就喜欢杀戮、喜欢消灭仿生人的人。跟他相处以后，我第一次开始对仿生人改观。我是说，从前我对仿生人的态度跟他是差不多的。”

“不能等会再说吗？”伊兰说。

里克说：“我做了一个测试，只有一个问题，却验证了这一点。我已经对仿生人产生移情了。想想这意味着什么。你早上还说过，‘那些可怜的仿生人’。所以你知道我在说什么。这就是我买山羊的原因。我以前从未有过这样的感觉。也许这就是抑郁，跟你的一样。我现在可以体会到你抑郁的时候有多痛苦了。我一直以为你喜欢那感觉，需要的时候可以随时跳出来。就算自己跳不出来，也可以借助情绪调节器。但是，当你抑郁到那种程度，你就不再关心别的事情。冷漠，是因为感觉自己失去了价值。你感觉好不好根本没关系，因为你没有价值——”

“你的工作怎么办？”她的语气突兀，让他眨了下眼。“你的**工作**，”伊兰重复道，“山羊的月供要多少？”她伸出一只手。他条件反射般地立即掏出他签的合同，递给了她。

“这么多，”她尖声说，“这个利息，老天——光利息就这么多。你买山羊只是因为你抑郁了。不是要给我惊喜，像你开始时说的那样。”她把合同还给了他。“唉，都无所谓。我还是很高兴你买了山羊。我爱那只山羊。只是这个经济负担好重。”她的脸色灰暗。

里克说：“我可以换到别的岗位上去。局里有十种或十一种不同的工作。动物盗窃案，我可以转到那儿去。”

“可是还有赏金。我们需要赏金，要不他们就会把山羊收回去！”

“我会把合同期限从三十六个月延长到四十八个月。”他猛地抽出一支圆珠笔，在合同背面写写算算，“那样每月能省五十二块五。”

视频电话响了。

“要是我们没下来，”里克说，“要是我们待在楼顶上，跟山羊在一起，就不会接到这个电话。”

伊兰走向电话，说：“你在怕什么？他们是不会把山羊收回去的，至少现在不会。”她拿起话机。

“是局里的电话，”他说，“就说我不在。”他向卧室走去。

“喂。”伊兰对话机说。

还有三个仿生人，里克想，我今天本来应该去追踪它们的，而不是现在就回家。但哈里·布赖恩特的脸已经出现在屏幕上，这时要躲开已经太迟了。他拖着肌肉僵硬的腿走向电话。

“对，他在。”伊兰说，“我们买了一只山羊。哪天过来看看，布赖恩特先生。”停了一会，她把话机递给里克。“他有话要跟你说。”她说。她回到共鸣箱前坐下，再次抓住了两个手柄，几乎立刻就沉浸到里面去了。里克抓着话机站在那儿，知道她已经神游物外，知道自己又要独自面对世界了。

“喂。”他对话机说。

“我们找到了两个剩下的仿生人的踪迹。”哈里·布赖恩特说。他是在办公室打的电话。里克看到了那张熟悉的桌子，以及乱七八糟的档案、文件和基皮。“它们显然提高了警惕——它们已经离开了戴夫给你的地址，现在去了……等一下。”布赖恩特在桌上一阵翻找，终于找到了他想要的材料。

里克下意识地找来一支笔，把山羊的付款合同摊在膝盖上，准备记录。

“3967-C号公寓楼，”布赖恩特局长说，“尽快赶过去。我们必须假设它们已经知道你干掉了另外几个，加兰德、鲁芭，还有波洛科夫。那就是为什么它们非法逃离了。”

“非法。”里克重复道。只是为了保命。

“伊兰说你们买了一只山羊，”布赖恩特说，“今天刚买的？下班后买的？”

“回家路上。”

“你消灭剩下的三个仿生人之后，我会去你家看看你们的山羊。对了——我刚和戴夫通了电话。我跟他说了你碰到的麻烦。他说恭喜你，让你下面更要多加小心。他说枢纽6型比他想象的聪明得多。实际上，他都不敢相信你今天一天就干掉了三个。”

“三个就已经够了，”里克说，“我干不动了。我需要休息。”

“但明天它们就跑了，”布赖恩特局长说，“跑出我们的辖区了。”

“不会那么快。明天它们还会在那儿。”

布赖恩特说：“你今晚就过去。在它们作好准备之前。它们不会料到你动作这么快。”

“它们当然能料到。”里克说，“它们会严阵以待。”

“怕了吗？为什么？是不是波洛科夫——”

“我不怕。”里克说。

“那是哪里不对了？”

“好吧，”里克说，“我过去好了。”他正要挂掉电话。

“一有结果，立刻通知我。我会在办公室里等着。”

里克说：“要是我干掉了它们，我要买一只绵羊。”

“你本来就有绵羊。我刚认识你时，你就有一只绵羊了。”

“那是电子的。”里克说。他挂掉了电话。这次是真的绵羊，他想。我必须买一只。作为补偿。

在黑色共鸣箱前，他的妻子蜷缩着，神色专注。他在她旁边站了一会，一只手放在她的胸脯上。他感受着温柔的起伏，那是她的生机，她的活力。伊兰没注意到他。与默瑟的融合，一如既往，是完全沉浸的。

屏幕上的默瑟，那个虚弱衰老、穿着长袍的身影，正艰难地往上跋涉。突然，一块石头飞过他身边。里克看着这一幕，心想，我的天，我的境况比他更糟。默瑟不用去做任何不熟悉的事。他很痛苦，但至少他不用违背自己内心的认同感。

他弯下腰，温柔地把他妻子的手指从两个手柄上掰开，然后挤开了她，取而代之。多少星期来第一次。纯粹是心血来潮，没有计划。一瞬间，融合发生了。

眼前是一片荒野，点缀着几丛乱草。空气中似有刺鼻的花香。这里是沙漠，没有雨水。

一个人站在他面前，饱经风霜痛楚的眼中泛着疲倦和悲伤。

“默瑟。”里克说。

“我是你的朋友，”老人说，“但你必须前行，就当我不存在。你明白吗？”他摊开了空空的双手。

“不明白，”里克说，“我一点也不明白。我需要帮助。”

“如果我连自己都救不了，”老人说，“如何能救你？”他微微一笑。“你难道不知道吗？**世界上没有救世主**。”

“那这个融合是为了什么？”里克追问，“你在这里又是为了什么？”

“为了让你知道，”威尔伯·默瑟说，“你并不孤独。我在这里陪着你，一直在这里。去完成你的工作吧，即使你知道这是错误的。”

“为什么？”里克说，“我为什么必须去？我要辞职，然后移民。”

老人说：“不管去哪里，你都不得不做一些错事。这是生命的基本条件，要求你违背自己认同的身份。在某些时候，每个活着的生命都必须这么做。这就是终极的阴影，造物的缺陷。这是终极诅咒，那个吞噬所有生命的诅咒。整个宇宙都是这样。”

“你只能跟我说这些？”里克说。

一块石头嗖地向他飞来。他一闪身，石头砸到他耳朵上。他一下放开了手柄，再次回到客厅里的共鸣箱前，他妻子就在身边。他的头被砸得剧痛，伸手一摸，发现血如泉涌，大滴大滴的明亮血珠从他脸颊上落下。

伊兰用手帕轻触他的耳朵。“我很高兴你把我撬开了。我真的扛不住这种打击。谢谢你替我挨了那块石头。”

“我走了。”里克说。

“去完成任务？”

“三个任务。”他从她手里接过手帕，向大门走去，仍然昏头昏脑，一阵阵反胃。

“祝你好运。”伊兰说。

“我抓着手柄也没得到什么。”里克说，“默瑟跟我聊了一下，但没什么用。他知道的不比我多。只是一个老人在爬山，爬到死为止。”

“那不正是启示吗？”

里克说：“我今天已经得到了启示。”他打开门。“回头见。”他走进过道，在身后带上门。3967-C号公寓楼，他从合同背面读道。那地方远在郊区，荒无人烟。是个藏身的好地方。只不过：晚上会有灯光。我就找灯光好了，他想。灯光啊。我追求光明，就像那只鬼脸天蛾。干完这桩，他想，以后再也不干了。我去做别的事情，找别的活计。这是最后三个了。默瑟说得对。我必须完成这个任务。但是，他想，我恐怕办不到。两个仿生人在一起——这已经不是道不道德的问题了。这是做不做得到的问题。

我可能**消灭不了**它们，他意识到。就算我想尽力，我也已经太疲倦。今天发生了太多事。也许默瑟已经知道，他想。也许他已经预见到会发生什么。

但我知道还能从哪里得到帮助。先前他们提出来时，被我拒绝了。

他来到屋顶。一会工夫后，他坐到车里，在一片黑暗中开始拨号。

“罗森公司。”接线女孩说。

“蕾切尔·罗森。”他说。

“您说什么，先生？”

里克咬了咬牙。“给我找蕾切尔·罗森。”

“蕾切尔小姐知道您要找她吗？”

“我敢肯定她知道。”他说，然后坐在那儿等着。

十分钟后，蕾切尔·罗森的小脸蛋出现在屏幕上。“你好，德卡德先生。”

“你现在忙吗？能不能说话？”他说，“跟你先前说的一样。”那几乎不像是今天发生的事。上次跟她说话简直像在上辈子。所有的重负，所有的疲倦，在他体内复现。他甚至能感觉到身体上的重压。也许，他想，是因为那块石头。他用手帕轻轻蹭了一下耳朵。

“你耳朵破口了，”蕾切尔说，“真遗憾。”

里克说：“你真的认为我不会给你回电话吗？像你说的？”

“我说过，”蕾切尔说，“没有我帮忙，总会有某个枢纽6型在你干掉它之前，先把你干掉。”

“你错了。”

“但你现在的确回电话了。终于还是回了。你想要我飞去旧金山吗？”

“今晚。”他说。

“哦，今天太晚了。我明天再去。路上要一个小时。”

“我得到的命令是，我必须今晚干掉它们。”他停顿了一下，然后继续说，“原有的八个，现在只剩三个。”

“听上去你的经历一点也不愉快。”

“要是你今晚不过来，”他说，“那我只好自己一个人去追捕它们了，但我又没法消灭它们。我刚买了只山羊，”他补充说，“花的是今天刚领到的赏金。”

“你们这些人类——”蕾切尔笑了起来，“山羊的气味一点也不好闻。”

“只有公山羊才不好闻。我读过山羊的附属手册。”

“你真的累了。”蕾切尔说，“你看上去头昏脑胀的。你确定你明白自己在干什么吗？同一天再干掉三个枢纽6型？从来没有人一天消灭过六个仿生人。”

“富兰克林·鲍尔斯，”里克说，“大约一年前，在芝加哥。他一天消灭了七个。”

“那是已经淘汰的麦克米伦Y4型。”蕾切尔说，“这回完全不一样。”她想了想，“里克，我做不到。我甚至还没吃晚餐。”

“我需要你。”他说。否则我会死的，他想。我知道，默瑟知道，我想你也知道。但我还在浪费时间，想要动之以情，他想。仿生人哪有情可动。

蕾切尔说："很抱歉，里克，但今晚不行。只能等到明天。"

“仿生人的报复。”里克说。

“什么？”

“因为我用沃伊特·坎普夫量表抓住了你的马脚。”

“你以为我在报复你？”她睁大眼睛说，“**真的吗**？”

“再见。”他说，正要挂电话。

“听着，”蕾切尔飞速说，“你并没有真正用脑袋思考。”

“对你来说而已，因为你们枢纽6型比人类聪明。”

"不是，我是真的不明白。"蕾切尔叹了口气，"我看得出来，你并不真想今晚完成任务——也许永远都不想。你确定你要我创造条件，让你去干掉仅剩的三个仿生人？还是要我说服你不要去干？"

"过来吧，"他说，"我们开个酒店房间。"

"为什么？"

"我今天听到一个说法。"他嘶哑地说，"关于人类男子和仿生人女子。你今晚到旧金山来，我就放过剩下的三个仿生人。我们干点别的。"

她看了他一会，突然说："好吧，我这就飞过去。我到哪儿找你？"

"圣弗朗西斯酒店。那是湾区唯一一家还在营业的不太烂的酒店。"

"在我到达之前，你什么也别干。"

"我就坐在酒店里等着，"他说，"看电视上的老友巴斯特。过去三天，他的访谈对象一直是阿曼达·沃纳。我喜欢她。我可以这辈子都看她。她的乳房简直会笑。"他挂上电话，脑子空空地坐了一会。最后，车中的寒冷让他一激灵。他打着了火，顿了一会，往旧金山市中心飞去。那是圣弗朗西斯酒店的方向。

十六

在宽敞豪华的酒店房间里，里克·德卡德坐在那儿研读那两个仿生人罗伊和伊姆加德·贝蒂的打印资料。这两个目标资料都附有通过望远镜拍的快照，模糊的三维照片几乎看不出轮廓。女的这个，他断定，应该挺好看。罗伊·贝蒂则不一样。不好看。

火星上的药剂师，他读道。至少这个仿生人用过这个掩护身份。实际上可能是个体力劳动者，农场工人，却期望过更好的生活。仿生人会不会做梦？里克问自己。显然会。那就是为什么它们偶尔会杀死雇主，逃到这里来的原因。不用当奴隶的舒适生活。就像鲁芭·勒夫特，更愿意在台上高唱《唐璜》和《费加罗的婚礼》，而不是在荒芜的碎石田间做牛做马。那根本不是一个适合居住的世界。

罗伊·贝蒂（资料上说）有一种争强好胜、独断专行的人造权威气质。凭着神秘的执着，这个仿生人提出了集体逃

> 亡计划，创造出一种虚假做作的意识形态，认为仿生人有所谓的神圣“生命”，来为逃亡计划背书。另外，这个仿生人偷盗并实验多种意识融合药物，被抓获时声称他只是希望在仿生人中推广一种群体体验，跟默瑟主义类似，因为默瑟主义本身并不适用于仿生人。

这段话描述的是一种病态。一个粗暴冷血的仿生人，却希望能经历一种体验。可是，由于设计时故意内置的缺陷，它本来就不该有那种体验。不过，他对罗伊·贝蒂怎么也关心不起来。从戴夫潦草的笔记中，他感觉到这个特定的仿生人似乎有一种拒人千里之外的气场。贝蒂曾试图无中生有地强行体验融合——失败之后，设计杀死了若干人类……然后逃往地球。现在，尤其是今天，最初的八个仿生人一个一个被干掉，只剩下三个。而且剩下的这几个非法逃亡者也死定了，因为就算他失败了，还会有别人来干掉它们。时间如潮水，他想。生命循环。结束在这个最后的暮光中。最终是死亡的寂静。他在这件事里感觉到了一个完整的缩微宇宙。

房间门砰的一声打开。“终于到了。”蕾切尔气喘吁吁地冲了进来。她穿着鱼鳞状长外套，里头是相称的胸罩和短裤。随身带着的除了那个华丽硕大的邮袋状手包，还有一个纸袋。“这个房间不错。”她看看手表，“还不到一个钟头。我赶得可真快。来，”

她递过那个纸袋，“我带了一瓶酒。波旁威士忌。”

里克说：“那八个仿生人里，最难对付的那个还活着。就是那个组织者。”他把罗伊·贝蒂的资料递给她。蕾切尔放下纸袋，接过资料。

“你找到这个仿生人了吗？”她看完后问。

“我有一个公寓楼号码。远在郊区。可能还有一两个退化的特障人，蚂蚁头或鸡头，在那儿晃悠，过他们所谓的生活。”

蕾切尔伸出手来。“我看看另外两个。”

“都是女的。”他递过那些资料，一个是伊姆加德·贝蒂，另一个把自己叫作普里斯·斯特拉顿。

蕾切尔的目光扫过最后一张纸，突然惊叹道：“啊——”她抛下资料，来到窗边，看着外面的旧金山市中心。“我想你会被最后那一位吓个跟头。也许你不会。也许你根本不在意。”她脸色苍白，声音颤抖，突然之间变得极不稳定。

“你到底在嘀咕什么？”他拿回资料，研究了一会，看不出来哪一部分把蕾切尔吓成这样。

“先把那瓶波旁打开吧。”蕾切尔把纸袋拿进洗手间，取来两只玻璃杯。她仍然显得心不在焉，心事重重。他觉察到她的思绪在飞速运转：她的脸色阴晴不定，秀眉紧蹙，肌肉僵硬。“你把这个打开吧，”她说，“这个值一大笔钱，你知道吗？这不是合成品，是战前用真麦芽酿的酒。”

他拿过酒瓶打开了，往两只杯子里倒了些波旁酒。“告诉我到底出了什么问题。”他说。

蕾切尔说：“你在电话上说，我要是今晚飞过来，你就放弃剩下的三个仿生人。‘我们干点别的’，你是这样说的。但我们现在——”

“告诉我你到底为什么不高兴。”

蕾切尔挑衅地面对着他说：“告诉我，我们本来应该干什么，反正不是讨论折腾这三个枢纽6型仿生人的材料。”她解下大衣，走到衣柜前挂了起来。这是他第一次有机会好好看看她……

他再次注意到，蕾切尔的身材比例有点奇怪。厚重的黑发衬得她脸蛋很大，小小的乳房令她的身体看起来像小孩一样瘦弱。但她的大眼睛和长长的卷睫毛，只能属于成熟女人，而不是青春期小女孩。蕾切尔稍稍踮着脚尖，双臂下垂，在关节处弯曲。那个姿势，他想，就像是克鲁马努部落里一个小心翼翼的猎手。优秀猎手的种族，他想。没有赘肉，平坦的小腹，小小的后臀，比后臀更小的胸脯——蕾切尔是按照凯尔特人的模子造出来的，不合时代潮流，但又极富魅力。在小短裤下面，她的双腿细长，有种中性的感觉，没有什么女性曲线。然而总体印象很好。虽说看起来像个女孩，而不是女人。除了那双不安分的精明的眼睛。

他啜了一口波旁。冲鼻的气息，强烈的口味，这种酒的庞大力量让他很不适应，他差点没咽下去。蕾切尔正相反，轻描淡写地喝着。

蕾切尔坐到床上，漫不经心地抹平床单，表情变得阴郁。他把杯子放在床边，别扭地坐到她身边。他的重量让床往下一沉。蕾切尔挪了挪位置。

“到底是什么？”他说。他伸出手，握住了她的手，感觉瘦骨嶙峋，冰凉潮湿。“什么在困扰你？”

“那最后一个见鬼的枢纽6型，”蕾切尔一字一顿地说，“跟我是同一型号的。”她低头瞪着床单，发现了一个小线头，慢慢把线头卷成小球。“你难道没注意到那个描述？那就是对我的描述。她也许会留一个不同的发型，穿不同的衣服——甚至买了顶假发。但等你一见到她，就知道我的意思。”她嘲讽地大笑。“公司承认我是个仿生人是件好事。要不等你看到普里斯·斯特拉顿的时候，恐怕会发疯。或者你会以为她就是我。”

“这为什么让你如此困扰？”

“见鬼，你**干掉**她的时候我会在你身边。”

“也许不会。也许我找不到她。”

蕾切尔说：“我知道枢纽6型的心理。这也是我来这里的原因。这就是我能帮到你的地方。它们全都躲在一处，那三位。团结在那个自称是罗伊·贝蒂的疯子周围。他会策划并构筑它们背水一战的最后防线。”她的嘴唇扭曲。“上帝。”她说。

“振作一点。”他说。他用一只手掌捧住她尖瘦的下巴，让她的头抬起来面对着他。不知道吻一个仿生人会是什么感觉，他想。他俯身吻了下她干涩的嘴唇。没有回应。蕾切尔无动于衷，似乎什么也没发生。但他又感觉到一点什么。或许只是自作多情吧。

“我多希望，”蕾切尔说，“我来之前就知道。那样我就不会大老远飞过来了。我觉得你的要求太过分了。你知道我有什么感觉，对这个名叫普里斯的仿生人？”

“心灵相通。”他说。

“类似。是认同感。我跟她是一体的。我的天，也许最终就会发生这种事。在最混乱的时候，你会把我干掉，而不是她。然后，她可以回到西雅图去过我的生活。我从来没有过这种感觉。我们**是**机器，像瓶盖一样从流水线上生产出来。我的个性化存在，只是一个幻觉。我只是一种机型的代表。”她打了个冷战。

他不禁觉得好笑，蕾切尔竟变得如此多愁善感。“蚂蚁可没有那种感觉，”他说，“而且蚂蚁都是一模一样的。”

“蚂蚁。它们没有月经。”

“人类双胞胎。他们也没有——”

“但他们互相认同。我的理解是，他们之间有种特殊的移情纽带。”她站起身，晃晃悠悠地走向波旁酒瓶。她再次斟满杯子，再次一饮而尽。她在屋里无精打采地转了几圈，眉头打结，脸色灰暗。最后，似乎是碰巧又滑回他身边，坐回到床上。她高高地抬起伸直的双腿，斜靠在厚厚的枕头上，叹了口气。“忘了那三个仿生人吧。”她的声音充满倦意，“我真是累坏了。估计是因为旅程太赶。而且今天还知道了这么多事情。我只想睡觉。”她闭上眼睛。“要是我死了，”她喃喃道，“也许罗森公司生产下一个我这种子类型的时候，我就会重生。”她睁开眼，狠狠地瞪着他。“你知不知道，”她说，“我来这里的真正原因？为什么埃尔登和罗森家的其他人——那些真人——要我陪你一起行动？”

“来观察，”他说，“仔细汇报枢纽6型在做沃伊特·坎普夫测试的时候，哪些地方会露出马脚。”

“测试，还有任何其他方面。任何让它跟真人不一样的细节。然后我会汇报给公司，公司会修改他们的生产配方。然后我们就会有枢纽7型。当枢纽7型也被抓住的时候，我们再修改。最终，公司就会发明出一种跟真人无法区分的型号了。”

“你知道博内利反射弧测试吗？”他问。

“我们也在做脊柱神经中枢方面的工作。终有一天，博内利测试也会没入历史的尘埃，再也没人记得。”她的笑容人畜无害——却跟她的话很不协调。这个时候，他已经分辨不出她有多认真了。一个轰动世界的话题，就这么嘻嘻哈哈地对付过去了。可能是仿生人的性格特点，他想。没有情感知觉，感觉不到自己所说的内容的情绪。只有对不同词汇的空洞、正式、学术的定义。

而且，更有甚者，蕾切尔开始戏弄他了。不知不觉间，她已经摆脱自怨自艾，转而嘲笑他了。

“去你的。”他说。

蕾切尔笑道：“我醉了，不能跟你一起去了。要是你离开这儿——”她挥了挥手，“我就待在这里睡觉。以后你再告诉我结果。”

“只是——”他说，“不会有以后了，因为罗伊·贝蒂会搞死我。”

“但我怎么也帮不了你，因为我醉了。不管怎样，你已经知道真相了，残酷、冰冷、坚硬的真相。我只是一个观察者，不会介入你的工作，不会救你。我也不在乎罗伊·贝蒂会不会搞死你。我只在乎**我自己**会不会被搞死。”她突然睁圆双眼，“老天，我同情我自己。还有，你看，要是我去了郊区那栋破公寓楼——”她伸出手，玩弄他衬衫上的一粒扣子，缓缓地、圆熟地转动扣子，解开了它。“我不敢去，因为仿生人对彼此没有忠诚可言，所以我知道那个见鬼的普里斯·斯特拉顿会干掉我，然后取而代之。懂了吗？脱下你的衣服。”

“为什么？”

“这样我们才好上床。”蕾切尔说。

“我刚买了一只努比亚黑山羊，”他说，“我必须再消灭三个仿生人。我必须完成工作，然后回家，回到我妻子身边。”他站起身，绕过床，找到那瓶波旁。他站在那儿，小心地给自己倒了第二杯酒。他发现自己的手在微微颤抖。可能是因为累了。我们两个，他意识到，都累了。太累了，没法再去追杀那三个仿生人，尤其是那八个里头最强悍的那一个在主持抵抗。

他站在那儿，突然意识到，他现在对那个最强的仿生人，已经有了一种无可抗拒的鲜明的恐惧。关键就是贝蒂——从一开始就是贝蒂。迄今为止他一路遇到并消灭的，是版本越来越高级的贝蒂。现在终于轮到贝蒂自己了。这个思路让他的恐惧增长得更快。一旦让这种恐惧进入他的显意识，他就会陷入恐惧的天罗地网。“没有你，我去不了。”他对蕾切尔说，“我甚至不能离开这里。波洛科夫是主动找上我的。加兰德差不多也是主动找上我的。”

“你觉得罗伊·贝蒂也会来找你？”她放下空杯子，身子前倾，双手绕向身后，解开了胸罩扣子。她灵巧地把胸罩摘下，站起身来，但晃悠了几下之后，自己都被自己的晃悠逗笑了。“我的包里，”她说，“有一个设备，是我们在火星上的自动工厂造的应——”她做了个鬼脸，“应急安全什么的，对新造出来的仿生人进行常规检查的时候，起安全保障作用。你把它拿出来。形状像个牡蛎。你会看到的。”

他把包拿过来翻找。跟平常女人一样，蕾切尔的包里藏着掖着所有想象得出和想象不出的物件，他翻了半天还是茫无头绪。

与此同时，蕾切尔踢掉了靴子，拉开短裤的拉链，金鸡独立，用脚尖勾住滑下的短裤，一甩就甩到了屋子另一头。她倒回床上，翻过身，伸手去够她的杯子，却不小心把杯子推到了地毯上。“见鬼。”她说，再次晃晃悠悠地站了起来，只穿着内裤，站在床边看他搜索她的包。然后，她集中全副精力，小心翼翼地拉起被面，钻了进去，盖上被面。

“是这个吗？”他举起一个小金属球，上面伸出一柄条形按钮。

“它能让仿生人强直性昏厥。”蕾切尔闭着眼睛说，“持续几秒钟。屏蔽它的呼吸，还有你的。但人类就算不能呼吸——还是出汗？——也能继续活动几分钟，但仿生人的交感神经——”

“我知道。”他直起身，“仿生人的自主神经系统不如我们的灵活，没法随时干预生理活动。但如你所说，这个只能起五六秒钟的作用。”

“那就足够——”蕾切尔咕哝道，“救你一命了。所以，你看——”她抬起身，在床上坐起来。“要是罗伊·贝蒂找上门来，你只须抓着你手里那个东西，按下那个按钮，罗伊·贝蒂就会僵住。如果血液没有空气供应，他的脑细胞就会衰弱，然后你就可以用激光枪杀了他。”

“你的包里——”他说，“有支激光枪。”

“假的。仿生人——”她打了个哈欠，仍然闭着眼——“不许携带激光枪。”

他向床走去。

蕾切尔在床上扭来扭去，终于翻过身，脸朝下埋进雪白的床单。“这是一张干净、高贵、处女般的床，”她说，“只有干净、高贵的女孩——”她想了想。“仿生人不能生育，”她说，“那算不算损失？”

他把她彻底脱光，露出她苍白冰凉的腰部。

“算不算损失？”蕾切尔重复道，“我真的不知道。我也没办法知道。生儿育女是什么感觉？说到这儿，被生出来是什么感觉？我们不是被生出来的。我们不会长大。不会死于疾病或衰老。我们忙忙碌碌，最后会因磨损致死，像蚂蚁一样。又是蚂蚁。我们就是蚂蚁。我不是说你，是说我自己。壳质类的自动反应机械，没有真正的生命。”她把头扭到一边，大声说，“**我没有生命！**你并不是跟一个真正的女人上床。不要失望，好吗？你以前跟仿生人做过爱吗？”

“没有。”他说，脱下自己的衬衫和领带。

“我的理解是——听他们说的——只要你不去想太多，就很像真的。但要是想得太多，要是你仔细琢磨自己在干什么，那你就没法继续。因为——咳咳——生理原因。”

他俯身去吻她赤裸的肩头。

“谢谢，里克。”她虚弱地说，“不过要记住：不要去想，只要去做。不要停下来从哲学高度思考，因为从哲学上看这事太可怕了。对你我都一样。”

他说：“事后我还是会去找罗伊·贝蒂。我还是需要你跟我一起去。我知道你包里的激光枪是——”

“你觉得我会帮你干掉一两个仿生人。”

“我觉得不管你刚才说什么，你还是会尽全力帮助我。否则你也不会这样躺在床上。”

“我爱你。”蕾切尔说，“要是我走进一个房间，发现一张沙发是用你的皮做的，我在沃伊特·坎普夫测试中的得分就会非常高。”

今晚某个时候，他边关灯边想，我会消灭一个跟这个裸体女孩一模一样的枢纽6型。我的老天，他想。这不是跟菲尔·雷施说的一样吗？先跟她上床，他想起来。然后杀了她。“我不行。”他说，从床边退开。

“我希望你行。”蕾切尔说，声音颤抖起来。

“不是因为你。是因为普里斯·斯特拉顿。因为我必须杀了她。”

“我和她不一样。我一点也不关心普里斯·斯特拉顿。听着。”蕾切尔挣扎了一会，坐起身来。在黑暗中，他能模糊地分辨出她无胸的瘦削身影。“**跟我上床，然后我去杀斯特拉顿**，好吗？因为我不能容忍已经这样了却……”

“谢谢你。”他说。感激之情——无疑是因为那两杯酒——在他心头涌起，令他喉头紧锁。只剩两个，他想。我现在只需要消灭两个仿生人了，只有贝蒂夫妇。蕾切尔真的会帮我吗？显然会。仿生人的思想和行为就是这样。只是他从没遇过这样的事。

“见鬼，快上床。”蕾切尔说。

他遵命上了床。

十七

事后他们享受了一次奢华待遇：里克叫酒店送了咖啡进客房。他在一把黑绿相间、镶着金叶子的安乐椅中坐了很久，啜着咖啡，思考接下去几个小时的行动。蕾切尔在浴室里冲热水澡，哼歌声，溅水声，摩擦声，声声入耳。

“你跟我成交时，可真是占了大便宜。”她一边关水一边叫道。她出现在浴室门口，仍然一丝不挂，浑身通红，头发用一根橡皮筋扎起来，还在滴水。“我们仿生人控制不了自己的生理冲动。你可能知道这一点。在我看来，你趁机占了我的便宜。”然而她看上去并没有真的生气，反而乐滋滋的，跟他认识的所有女孩一样，像个真人。“我们真的今晚就要去追踪那三个仿生人吗？”

“对。”他说。我需要消灭两个，你需要消灭一个。就像蕾切尔说的，已经成交了。

蕾切尔拿一条巨大的浴巾裹住身子，说：“刚才的事，喜欢吗？”

“喜欢。”

“你还会再跟仿生人上床吗？”

“只要是个女孩。只要像你。”

蕾切尔说：“你知道像我这样的人形机器的寿命有多长吗？我已经存在了两年。你算算我还有多久可活？”

他犹豫一下，说：“大约还有两年。”

“他们一直解决不了这个问题。我是说细胞更替。永久或半永久的自动更新。唉，只能这样了。”她开始使劲擦干自己，脸上再无表情。

“我很遗憾。”里克说。

“见鬼，”蕾切尔说，“我很遗憾我说到这个。总之，这样的话，真人就不能跟仿生人私奔，去过什么幸福生活了。”

“你们枢纽6型也一样吗？”

“取决于新陈代谢，而不是脑单元。”她快步走出浴室，套上内裤，开始着装。

他也迅速穿好衣服。然后两人没怎么再说话，一起上到楼顶停车场。他的飞车先前是由一个彬彬有礼、身着白衣的真人服务员帮忙停好的。

飞往旧金山郊区的路上，蕾切尔说：“夜色真好。”

“我的山羊可能已经睡着了。”他说，“也许山羊是夜间动物。有些动物永远不用睡觉。绵羊就不睡觉，至少我没看到它们睡过。任何时候你一看它们，它们就会立即跟你对视，等着你喂它们。”

“你妻子是什么样的？”

他没有回答。

“你会——”

“如果你不是仿生人，”里克打断她，“如果我可以合法娶你，我会。”

蕾切尔说：“或者我们可以非法同居，只是我没有生命。”

“法律上，你没有生命。但其实你有，生物学意义上的生命。你不是由半导体线路搭起来的，跟那些假动物不一样。你是一个有机的实体。”只是两年后，他想，你会磨损殆尽，失去生命。因为我们一直解决不了细胞更替的问题，像你指出的那样。所以，不管怎样都无所谓。

这是我最后的日子，他想，作为赏金猎人。解决贝蒂夫妇之后，不会再有了。尤其是在今晚这事之后。

“你看起来很忧伤。”蕾切尔说。

他伸出手去碰了一下她的脸颊。

“你以后再也不能追捕仿生人了，”她平静地说，“所以请不要那么忧伤。”

他瞪着她。

“跟我睡过以后，”蕾切尔说，“没有赏金猎人能够继续工作。除了一个，非常愤世嫉俗的一个。菲尔·雷施。不过他本来就是疯子，独一无二的那种，跟所有人都不一样。”

“我明白了。”里克说。他麻木了，彻头彻尾，全部身心都麻木了。

“但跑这一趟，”蕾切尔说，“也不完全是浪费，因为你会见到一个精彩的高尚人物。”

“罗伊·贝蒂，”他说，“你认识它们每一个？”

“它们还在世的时候，我认识它们每一个。现在我还认识三个。今天早上，在你拿到戴夫的名单开始按图索骥之前，我们试图阻止你。在波洛科夫找到你之前，我又试了一次。然后我只好静静等待机会了。”

“直到我再也受不了，”他说，“只好给你回电话。”

“鲁芭·勒夫特跟我很亲近。我们当了两年的密友。你觉得她怎么样？喜欢她吗？”

“喜欢她。”

“但你还是杀了她。”

“菲尔·雷施杀了她。”

“哦，这么说，菲尔陪你回到了歌剧院。这一点我们并不知道。我们的通信差不多就在那时候中断了。我们只知道她死了，自然就假设是被你杀了。”

"我想，按戴夫的笔记，"他说，"我仍然可以继续追杀罗伊·贝蒂。但也许杀不了伊姆加德·贝蒂。"也杀不了普里斯·斯特拉顿，他想。就算是现在，就算知道了真相。

"那么，酒店里发生的一切，"他说，"都只是——"

"我们公司，"蕾切尔说，"试图接近和影响这里和苏联的赏金猎人。似乎很有效果……但我们也不能完全理解是什么原因。这又是我们的局限，我猜。"

"我怀疑这个效果是否真像你说的那么好。"他哑着嗓子说。

"但对你很有效。"

"我们走着瞧。"

"我已经知道了。"蕾切尔说，"一看到你脸上的忧伤表情，我就知道了。我等的就是这个。"

"这事你干过多少次了？"

"不记得了。七次或八次。不对，我觉得是九次。"她——或者说它——点着头，"对，九次。"

"这个伎俩已经老掉牙了。"里克说。

蕾切尔吓了一跳，说："什——什么？"

他把驾驶盘向前一推，让飞车进入滑降状态。"至少我觉得老掉牙了。我会杀了你，"他说，"然后一个人去追杀罗伊·贝蒂、伊姆加德·贝蒂和普里斯·斯特拉顿。"

"这就是你降落的原因？"她担心地说，"你会被罚款的。我是公司的财产，受法律保护。我不是从火星逃到这里的，我跟其他仿生人不一样。”

“可是，”他说，“如果我能杀你，也就能杀它们。”

她的手立即埋进那个鼓鼓囊囊、塞满基皮的提包，疯狂地翻找了一通，最后放弃。“见鬼的包，”她狠狠地说，“我需要东西的时候总是找不着。你能不能用无痛方式杀我？我是说，只要我不抵抗的话，干得小心一点，好吗？我发誓我不抵抗。同意吗？”

里克说：“现在我明白菲尔·雷施为什么会那样说了。他并不是愤世嫉俗，只是阅历太多。经历过你以后，我不再怪他了。这种经历肯定要扭曲他的人生观。”

“但扭错了方向。”她表面上镇定了下来，但心底里仍然狂乱紧张。黑暗的火焰已经苍白，生命力渐渐离她而去，就跟他以前见过的许多仿生人一样。经典的听天由命。它们只会识时务地机械地接受即将到来的毁灭，而真正的生命——在二十亿年的生存压力下进化出来的生命——永远不会就这样认命。

“我受不了你们仿生人放弃的方式。”他残酷地说。车差点擦地而过，他不得不紧急地把驾驶盘用力一拉，以免车毁人亡。他死死踩住刹车，在颠簸摇晃中把车停住，啪一下关掉引擎，拔出了激光枪。

“枕骨上，我的脑颅根部，”蕾切尔说，“请朝这个地方开枪。”她扭过头去，不愿看着枪管，这样，激光就可以不知不觉地穿入她大脑。

里克把枪收起来，说："我没法照菲尔·雷施说的办。"他再次打开引擎，迅速起飞。

"如果你真要杀死我，"蕾切尔说，"请现在动手，我不想再等了。"

"我不想杀你。"他把车转向旧金山市中心的方向，"你的车还在圣弗朗西斯酒店，对吧？我把你放在那儿，你可以直接回西雅图去。"他要说的话到此为止，然后在沉默中驾车。

"谢谢你不杀我。"蕾切尔过了一会才说。

"见鬼，你自己说的，不管怎样，你也只有两年可活了。而我还有五十年。我剩下的寿命是你的二十五倍。"

"但你的确看不起我，"蕾切尔说，"因为我所做的一切。"她重新找回了信心，开始变本加厉地唠叨。"你跟其他人走上了同一条路。就是你之前的赏金猎人。每一次他们都勃然大怒，发狂说要杀了我。但事到临头，他们就是下不了手。就像你刚才一样。"她点了一支烟，放松地吸了一口。"你知道这意味着什么，对吧？意味着我说对了，你再也杀不了仿生人了。不只是我，还有贝蒂夫妇，还有斯特拉顿。所以，回家去找你的山羊吧。好好休息一下。"她突然用力掸了下大衣，"啊！还有烟灰在烧！好了，没了。"她向后靠入椅中，放松下来。

"那只山羊，"蕾切尔说，"很可能你爱那只山羊胜过爱你妻子。首先是山羊，然后是你妻子，最后是——”她欢快地笑起来，“除了好笑，还是好笑。”

他没有回答。他们在沉默中飞行了一会，蕾切尔在车上七碰八摸，终于找到收音机，打开了。

“关掉。”里克说。

“关掉《老友巴斯特和他的好友们》？关掉阿曼达·沃纳和奥斯卡·斯克鲁格斯？该听听巴斯特的重大特级爆料了。时间差不多到了。”她弯下腰，借着收音机的光看了下表，“很快就要开始了。你知道这件事吗？他近来老提这个，一直在做铺垫，有——”

收音机说：“——啊，对了，要告诉大伙儿，我跟我的朋友巴斯特在一起，我们聊天聊得非常开心。时钟滴答滴答走，我们都在期待史上**最重要的新闻**。”

里克关掉了收音机。“奥斯卡·斯克鲁格斯，”他说，“一位智者的声音。”

蕾切尔立即又伸手打开收音机。“我想听。我**要**听。这很重要，老友巴斯特今晚要在节目里说什么。”

扩音器里又传出那个傻不拉几、喋喋不休的声音。蕾切尔·罗森靠回椅背，让自己坐得更舒服。他身边的黑暗中，烟头的焦炭闪闪发光，就像一只扬扬得意的萤火虫屁股，毫不掩饰地炫耀着蕾切尔·罗森的伟大成就：她战胜了他。

十八

“把我剩下的东西搬上来，”普里斯命令约翰·伊西多尔，“特别是那台电视。这样我们就可以听听巴斯特的爆料。”

“对。”伊姆加德·贝蒂赞同道。她两眼闪闪放光，像一只羽毛发亮的燕子疾飞而来。“我们**需要**电视。我们等这个晚上已经等了很久了，很快就要开始了。”

伊西多尔说：“我自己的电视有政府频道。”

远远地，在客厅的一角，罗伊·贝蒂深深坐在一张椅子里，就好像他要永久霸占这张椅子，就好像他已经住在椅子里了。他打了个嗝，耐心地说：“我们想看的是《老友巴斯特和他的好友们》，伊西。还是你想让我叫你约翰？总之，你明白了吗？现在你可以去搬那台电视了吗？”

伊西多尔独自顺着空空荡荡、回声阵阵的走廊走向楼梯。一种沛莫能御的愉悦情绪在他体内冉冉升起。有生以来第一次，他觉得自己有用了。终于有人有求于我了。他欢欣鼓舞地踏着满是灰尘的楼梯往楼下走去。

还有，他想，能再次在电视上看到老友巴斯特，而不只是在修理铺的卡车里听收音机，多好啊。还有，没错，老友巴斯特今晚就要公布那个精心准备的特大爆料了。因为有了普里斯、罗伊和伊姆加德，我可以亲眼看到多年来最重大的新闻了。多么奇妙，他想。

生活，对约翰·伊西多尔来说，绝对开始走上坡路了。

他走进普里斯先前的房间，拔掉电视插头，卸下天线。寂静突然间无所不在。他感觉到自己的胳膊模糊起来。贝蒂夫妇和普里斯不在身边时，他觉得自己几乎要淡出现实，就像他刚关掉的电视一样，没有生气了。人必须和其他人在一起，他想，才能活下去。我的意思是，他们来之前，我可以忍受独自一个人待在这座楼里。但现在已经不一样了。你回不去了，他想。你再也不能从有人陪伴的情境回到没人陪伴的情境了。他慌乱地想，现在我对他们产生了依赖。感谢上苍，他们选择了留下来。

普里斯的东西需要来回两趟才能搬完。他决定先搬电视，然后再搬衣箱和剩余的衣物。

几分钟后，他把电视搬到自己的公寓，吃力地放到客厅的咖啡桌上。他手指咯咯作响。贝蒂夫妇和普里斯无动于衷地看着他。

“这座楼里的信号不错。”他喘着气把插头插上，天线装上，“我以前收到过老友巴斯特和他的——”

“打开电视就行了，”罗伊·贝蒂说，“别说话。”他遵命行事，然后快步走到门边。“再跑一趟，”他说，“就完事了。”他逗留了一会，沉浸在有人陪伴的温暖中。

“好的。”普里斯心不在焉地说。

伊西多尔再次出发。我觉得，他想，他们好像在利用我。但他不在乎。他们仍然是我的好朋友，他对自己说。

下楼之后，他把女孩的衣物收拾起来，统统塞进衣箱，然后费力地拖着箱子走过楼道，开始爬楼梯。

在前面的一级台阶上，有什么小东西在灰尘中动了一下。

他立即放下箱子，取出一个塑料药瓶。和所有其他人一样，他带着这个小瓶子就是为了这一天。一只蜘蛛，毫不起眼，但是是活的。他颤抖着把蜘蛛引入瓶子，然后立即盖上刺了许多透气孔的盖子，旋得紧紧的。

他回到楼上，在自己的公寓门前停下来喘喘气。

“——是的，先生。各位观众，时间**到了**。我是老友巴斯特。我相信你们跟我一样，急于要分享我最近的重大发现。一批训练有素的顶级研究人员过去几周日夜加班，已经验证了这个发现的真实性。嚯嚯，各位观众，**现在开始**！”

约翰·伊西多尔说：“我找到了一只蜘蛛。”

三名仿生人抬头瞥了他一眼，暂时把注意力从电视屏幕转到他身上。

"让我们看看。"普里斯说，伸出了一只手。

罗伊·贝蒂说："别说话，听巴斯特。"

"我从没见过蜘蛛。"普里斯说。她把药瓶握在手心里，仔细打量瓶子里的小生灵。"这么多腿。它为什么需要这么多腿，约翰？"

"蜘蛛就是这样。"伊西多尔说。他的心还在剧烈跳动，呼吸仍然困难。"八条腿。"

普里斯站起身来说："你知道我在想什么吗，约翰？我觉得蜘蛛不需要那么多腿。"

"八条腿？"伊姆加德·贝蒂说，"四条腿为什么不能活？切掉四条看看。"她心血来潮地打开自己的提包，找出一副干净锐利的指甲剪，递给了普里斯。

约翰·伊西多尔感到一阵说不出的恐慌。

普里斯把药瓶带进厨房，坐到约翰·伊西多尔的早餐桌前。她取下瓶盖，把蜘蛛倒了出来。"那可能就跑不快了。"她说，"但这附近反正也没有东西让它抓。它反正要死。"她伸手去拿指甲剪。

"求求你了。"伊西多尔说。

普里斯询问地抬眼看了他一下。"这东西值钱吗？"

“不要剪。”伊西多尔喘息着哀求。

普里斯剪掉了蜘蛛的一条腿。

客厅里，老友巴斯特正在电视上说：“看看这部分背景的放大图像。这就是你通常看到的天空。等一下，让我们的研究组组长，帕拉米特爵士，来解释这个即将震惊世界的发现。”

普里斯又剪掉了另外一条腿。她笑着用掌缘压着蜘蛛，令它动弹不得。

“视频图像放大以后，”电视上，一个新的声音说，“我们实验室经过严密考察，发现默瑟艰难跋涉时背景中出现的灰暗天幕和白天的月亮，不是地球上任何一个地方的自然景象，**完全就是人造的！**”

“你要错过了！”伊姆加德焦急地向普里斯喊道。她跑到厨房门口，看到普里斯正在干什么。“哦，以后再剪那个。”她劝诱说，“这个新闻才真正重要。他们现在说的，证明了我们一直相信的——”

“安静！”罗伊·贝蒂喊道。

“是真的。”伊姆加德把话说完。

电视继续说：“那个‘月亮’是手工画的。在放大图像里，你们现在就可以在屏幕上看到，笔刷的痕迹很明显。此外，还有证据显示，那些凌乱的杂草、贫瘠荒芜的土地——甚至那些不知是谁扔向默瑟的石头——同样都是假造的。实际上，那些‘石头’

很有可能是软塑料做的，根本不会造成真正的伤害。”

“换句话说，”老友巴斯特插话道，“威尔伯·默瑟根本就不痛苦。”

研究组组长说：“老友先生，我们费了许多周折，终于找到了一名前好莱坞特技效果制作人员，韦德·科托特先生。他直言相告说，据他多年的工作经验，那个‘默瑟’的身影很可能只是一个龙套演员，装模作样地在摄影棚里艰苦跋涉。科托特先生甚至宣称，他认得那个摄影棚，那是他几十年前打过许多交道的一个小电影公司，现在早已不存在了。”

“所以，按科托特的意思，”老友巴斯特说，“现在几乎没有疑问了。”

普里斯这时已经剪掉了蜘蛛的三条腿。蜘蛛在桌上凄惨地爬来爬去，试图找一条出路逃生，但怎么也找不到。

“坦白说，我们相信科托特。”研究组组长干巴巴的声音诲人不倦，“如今已经灭亡的好莱坞电影产业曾广泛使用龙套演员，我们花了许多时间仔细研究那些宣传图片。”

“然后你发现——”

“听这个。”罗伊·贝蒂说。伊姆加德紧紧盯着电视，普里斯也停下手中的活儿。

“我们查找了成千上万张照片，找到了一位名叫阿尔·哈里的老人。他已经非常老了，在战前电影中出演过一些龙套角色。

我们实验室派了一组人马前往印第安纳州东哈墨尼，哈里的家就在那里。我们让那个小组的一名成员描述他的发现。”一阵沉默，然后是另一个诲人不倦的声音。“阿尔·哈里住在东哈墨尼的拉克街上。他的房子年久失修，破败不堪。那地方是小镇郊区，现在已经没有第二人住在那里了。他热情地把我请进屋，在客厅里坐下。屋里有股腐朽的霉味，堆满基皮。阿尔·哈里坐在我对面，我用脑波扫描的方式，查看了他脑子里模糊含混、颠三倒四的记忆。”

“听这个。”罗伊·贝蒂坐到了椅子边上，姿势紧张到似乎就要猛扑出去了。

“我发现，”技术员继续说，“这位老人的确曾为一个他没有见过的雇主出演过一系列十五分钟短片。而且，跟我们假设的一样，那些‘石头’确实是用类似橡皮的塑料做成的。那些‘血污’其实是番茄酱。还有——”技术员哧哧笑了几声，“那天，哈里先生承受的唯一痛楚是：一整天都没能喝上一杯威士忌。”

“那就是阿尔·哈里。”老友巴斯特的脸转向屏幕，“唉，唉。一位老人，就算在他的全盛时期，也没能成为足以让他自己自豪，或让我们尊重的人物。阿尔·哈里出演了一段重复无聊的影片，应该说是一系列影片，但雇主是谁，他从来都不知道——直到今天还不知道。默瑟主义的拥护者们经常说，威尔伯·默瑟不是人类，可能是从外星来的某种更高级智慧生命的原型。嗯，在某种意义上还真说对了。威尔伯·默瑟不是人类，他根本不存在。他所攀登的世界，只是一个再普通不过的好莱坞廉价摄影棚，多年前就已化为基皮了。那么，又是谁对整个太阳系开这么大的玩笑呢？好好想一想，各位观众。”

“我们可能永远不会知道。”伊姆加德喃喃道。

老友巴斯特说：“我们可能永远不会知道。我们也揣测不出这个骗局有什么意图。对，各位，骗局。**默瑟主义就是一个骗局！**”

“我想我们早就知道了，”罗伊·贝蒂说。“这很明显。默瑟主义出现时——”

“但是想想看，”老友巴斯特继续说，“问问你自己，默瑟主义的功用是什么。对，如果我们相信默瑟主义的众多追随者，说那种体验能把——”

“是人类才有的那种移情能力！”伊姆加德说。

“——太阳系里的男人和女人融合成一个整体。但这个整体是由所谓‘默瑟’的声音控制的。注意这一点。要是有个野心勃勃、试图在政治上大有作为的希特勒再世——”

“不对，是那种移情能力。”伊姆加德激动地说。她握紧拳头，冲进厨房，直冲到伊西多尔面前。“这不正是人类可以做到，而我们却做不到的事情之一吗？若是没有默瑟体验，你们的什么移情能力就**空口无凭**，什么共享的、群体的东西。蜘蛛怎么样了？”她从普里斯身后俯下身来近看。

普里斯又用指甲剪剪掉了蜘蛛的一条腿。“四条腿了。”她说。她推了一下蜘蛛。“他不走。但总会走的。”

罗伊·贝蒂出现在门口，脸上满是成就感。他深吸了一口气，说：“真相大白了。巴斯特已经昭告天下，太阳系里的每个人类都听到了。‘默瑟主义就是一个骗局。’整个共鸣体验都是骗局。”他也走过来好奇地看着蜘蛛。

“它不想走。”伊姆加德说。

“我能让它动起来。”罗伊·贝蒂掏出一盒火柴，点燃了一根，然后把燃烧着的火柴凑近蜘蛛，越凑越近，直到它虚弱地爬开了一步。

“我猜对了，”伊姆加德说，“我不是说过它四条腿也能走路吗？”她满怀期待地抬起头看了伊西多尔一眼。“怎么了？”她碰了一下他的胳膊，说，“你没损失任何东西。我们会按那个——那个叫什么——《西尼目录》的价钱赔偿你。不要那么阴沉嘛。那不就是默瑟的真相吗，他们刚刚发现的？那么多的调查研究？哎，说话呀。”她焦急地戳了他几下。

“他正在难过呢。”普里斯说，“因为他也有个共鸣箱，在另一个房间里。你经常开共鸣箱吗，约翰？”她问伊西多尔。罗伊·贝蒂说：“他当然常开。他们都这样——或者说，曾经都这样。也许现在他们开始怀疑了。”

“我不认为这会终结默瑟崇拜。”普里斯说，“但此时此刻，全世界有无数的人类正在郁闷。”她对伊西多尔说：“我们已经等了好几个月了。我们都知道会有这一天，巴斯特会揭露真相。”她犹豫了一下，又补充道，“唉，为什么不呢？巴斯特是我们中的一员。”

“就是仿生人，”伊姆加德解释说，“而且没人知道。我是说，没有真人知道。”

普里斯又剪掉了蜘蛛的一条腿。约翰·伊西多尔突然把她推开，捡起只剩三条腿的蜘蛛，来到水槽边，放水把它淹了。在他心中，他的意识，他的希望，也被淹了，淹得跟蜘蛛一样快。

“他真的很难过。”伊姆加德不安地说，“不要那样沉着脸，约翰。为什么不说话呢？”她对她丈夫和普里斯说：“这也让我非常难过，他一个人站在水槽边一声不吭。我们打开电视之后，他还没说过一句话。”

“不是电视，”普里斯说，“是蜘蛛。对吧，约翰·伊西多尔？他会振作起来的。”她对伊姆加德说。这时，伊姆加德已经走到客厅里去关电视。

罗伊·贝蒂自得其乐地看着伊西多尔，说：“都完蛋了，伊西。我是说默瑟主义。”他用指甲小心地从水槽里捡起蜘蛛的尸体。“也许这是最后一只蜘蛛了，”他说，“地球上最后一只活蜘蛛。”他想了想。“那样的话，蜘蛛也完蛋了。”

“我——我不舒服。”伊西多尔说。他从厨房碗柜里取出一只杯子，拿着杯子站了一会——自己也不知道到底站了多久。然后他问罗伊·贝蒂:“默瑟背后的天空，是画上去的？不是真的？”

“你也看到了电视上的放大图像。”罗伊·贝蒂说，“那些笔刷的痕迹。”

“默瑟主义没有完蛋。”伊西多尔说。这三个仿生人有病，而且病得很重。那可是蜘蛛啊，他想。也许那**真是**地球上最后一只蜘蛛，就像罗伊·贝蒂说的。现在，蜘蛛没了。默瑟也没了。他仿佛看到了满满的灰尘和废墟，散布在整个房间里。他听到基皮正在往里冲，打乱所有的秩序，最终将赢得这个房间。他拿着那只空瓷杯，感觉到基皮在周围生长。他看到厨房的碗柜开裂破碎，感觉到脚下的地板正在陷落。

他伸手扶住墙。他的手破墙而入，灰色的粉末悄悄流出，匆匆落下。灰泥碎片看上去就像外面的放射性尘埃。他在桌边坐下，可是椅腿就像空心烂管子一样弯曲了。他立即站起身来，试图重塑椅子，把它压回原来的形状。椅子在他手中裂开，原来连接着椅子几个部件的螺丝钉都露了出来，悬在半空中。他看到桌上的那只瓷杯上出现了裂缝，细密的线条就像藤蔓一样生长成一张大网。然后，杯子边缘掉下来一个碎片，露出了粗糙丑陋的内壁。

“他在干什么？”伊姆加德·贝蒂的声音远远传来，“他要打破所有东西！伊西多尔，住手——”

“我没有。”他说。他摇摇晃晃地走进客厅，想独处一会。他站在破破烂烂的沙发前，盯着泛黄的墙上斑斑点点的死虫斑痕。那些曾经生龙活虎的虫子都已经离去了。他又想起了那具只剩三条腿的蜘蛛尸体。这里的所有东西都很老了，他意识到。这些东西很早以前就开始衰败，这是阻挡不了的进程。这里已经被蜘蛛的死尸占领了。

在地板陷下去的坑里，许多动物的肢体渐渐显现出来。一只乌鸦的头，几根疑似猴爪的枯骨。一头驴子站在稍远处，一动不动，但显然还活着，至少还没开始腐败。他向驴子走去，感觉到地上一根根枯枝干草似的骨头，在他脚底下一一碎裂。还没等他接近驴子——他最钟爱的动物之一——一只闪亮的蓝色乌鸦突然从天而降，落在毫无反抗能力的驴子口鼻上。不要，他大声说。但是乌鸦已经迅捷地啄掉了驴子的一只眼睛。又来了，他想。又发生在我身上了。我会在这下面待很久，他意识到。跟以前一样。每次都要很久，因为这里什么都不会变化。到了某个阶段，甚至不会再腐坏。

一阵干燥的风吹得这里沙沙作响，周围的一堆堆骨头应声粉碎。即便是风，也能吹散它们，他察觉到。就在这个阶段，在时间停止之前。我希望我能记起来怎样从这里爬上去，他想。他抬头仰望，却看不到有什么东西可抓。

默瑟，他大声说。你现在在哪儿？这是坟墓世界，我又回来了。但这次你没在这里陪我。

什么东西从他脚上爬过。他跪到地上，一下就找到了它，因为它移动太慢了。就是那只断腿的蜘蛛，靠着残余的几条腿断断续续地前行。他捡起蜘蛛，托在手掌心里。他意识到，**那些骨头已经恢复形状**。蜘蛛又活过来了。默瑟肯定就在附近。

风继续吹，吹散余下的骨头。但他感觉到了默瑟的存在。过来，他对默瑟说。从我脚上爬过，或者找个别的方式接触我。好吗？默瑟，他想。他大声叫："默瑟！"

遍地的野草开始生长前进，旋转着钻进他周围的墙壁里。野草在墙里钻来钻去，直到它们成了自己的孢子。那些孢子膨胀，分裂，在已经千疮百孔的钢筋和水泥墙碎片里爆炸。但墙壁消失后，孤寂仍在。孤寂会尾随任何东西而来。除了衰弱暗淡的默瑟身影。老人现在就站在他面前，一脸平和安详。

"天空是画上去的吗？"伊西多尔问，"放大以后真的会有笔刷的痕迹？"

"是的。"默瑟说。

"我看不到笔刷。"

“你靠得太近了。”默瑟说，“你必须离得远远的才能看到，像那些仿生人一样远。他们的视角更好。”

“这就是他们说你是骗子的原因吗？”

“我是骗子，”默瑟说，“他们说的是真的，他们的调查也是真的。我是一个早已退休的老龙套演员，名叫阿尔·哈里。他们爆料的所有一切，都是真的。他们在我家采访了我，就像他们说的。他们想知道什么，我就告诉他们什么，什么都说了。”

“包括威士忌那件事？”

默瑟微微一笑。“那也是真的。他们的工作很出色。从他们的角度来看，老友巴斯特的爆料很有说服力。他们将很难理解为什么一切都没改变。因为你还在这里，我也还在这里。”默瑟的手横着一画，展示出眼前荒凉升起的山坡，那一幅熟悉的景象。“我刚把你从坟墓世界里提升上来，以后也会一直提升上去，直到你失去兴趣想要放弃。但你以后不要再搜寻我了。因为我永远不会停止搜寻你。”

“我不喜欢威士忌那件事，”伊西多尔说，“那降低了你的身份。”

“那是因为你是个道德高尚的人。而我不是。我不随意评断人，甚至也不评断我自己。”默瑟伸出一只握紧的手，手心向上，“趁我还没忘记，我要送你一样东西。”他打开手指。在他的手掌上，匍匐着那只断腿的蜘蛛，但所有断掉的腿都已经接回来了。

“谢谢。”伊西多尔接下了蜘蛛。他刚要再开口——

警钟大作。

罗伊·贝蒂吼道：“楼里有一个赏金猎人！关掉所有的灯。把他从那个共鸣箱前拖开。他必须准备好去应门。快点，**把他拉开！**”

十九

约翰低下头，发现自己的双手正握着共鸣箱的手柄。他站在那儿，目瞪口呆地看着他们。客厅里的灯光突然熄掉。他能看到厨房里的普里斯正匆匆地扑向桌上的台灯。

“听着，约翰。”伊姆加德在他身边厉声耳语。她紧紧抓着他的肩头，指甲在慌乱中掐入了他的皮肉。但她自己似乎并没有意识到。借着室外渗进来的昏暗夜光，只看到她的脸庞开始扭曲，眼睛开始散光，变成了一只受惊的鱼，没有眼皮的小眼睛不停地抖缩。“你一定要去应门。”她耳语说，“他一敲门就要去，要是他敲门的话。你必须亮出你的证件让他看，告诉他这是你的房间，没别人。还有，你要先看他的搜查证。”

普里斯站在他的另一边，弓着身子耳语说：“别让他进来，约翰。不管你说什么，不管你做什么，一定要拦住他。你知道赏金猎人进来后会做什么吗？你明白他会怎么对付我们吗？”

伊西多尔离开两个女仿生人，摸索着走向门口。他摸到门把手，停了下来，侧耳倾听。他可以感觉到外面的走廊，就像他以往的感觉一样：空空荡荡，没有生命，什么声音都会发出回响。

“听到什么了吗？”罗伊·贝蒂说，猫着腰走过来。伊西多尔闻到他畏缩的身体上的臭味。他甚至能呼吸到他的恐惧，从他体内源源不绝涌出的恐惧，几乎漫成了一片雾。“探头出去看看。”

伊西多尔打开门，前后扫视着没有变化的走廊。外面的空气清新一些，但依旧还有尘埃的重量。他手里仍握着默瑟给他的蜘蛛。这还是那只被普里斯用伊姆加德的指甲剪卸掉几条腿的蜘蛛吗？可能不是。他永远也不会知道。但不管怎样，它是活的。蜘蛛在他手掌中爬来爬去，但没有咬他。跟大多数小蜘蛛一样，它的颚钳穿透不了人类肌肤。

他来到走廊尽头，走下楼梯，出了楼，来到以前曾是封闭花园的地方，一条台阶小道。花园在战争中就已枯萎，小道也已经裂成千万个碎块。但他熟知这块地面。在他脚下，熟悉的小道感觉不错。他顺着小道走去，走过大半座楼，最后来到附近唯一有生机的地方——那丛一码见方、挂满尘埃、垂头丧气的杂草。在那里，他放下了蜘蛛。他感觉到它离开他手掌时的踌躇犹豫。好了，就这样了。他直起身来。

一道手电光照在杂草上。在光亮中，半死不活的草秆看起来是那样阴森，那样险恶。现在，他可以看见蜘蛛了。它正栖息在一片锯齿状的叶子上。这么说，它离开后还活得好好的。

“你刚才在干什么？”拿着手电筒的人问。

“我放了一只蜘蛛。”他说，很奇怪那人怎么没看见。在那束黄光中，蜘蛛的身影看起来是那么伟岸。“放它一条生路。”

“你为什么不把它带回家去？你应该把它保存在一个罐子里。根据一月份的《西尼目录》，多数蜘蛛的零售价都上涨了百分之十。你本来可以赚到一百多块钱的。”

伊西多尔说：“要是我把它拿回去，她又会把它切开，大卸八块，就为了看看它还能不能动。”

“仿生人都那样。”那人说。他把手伸进大衣，取出一个东西，一晃打开，递给伊西多尔。

在不断变化的光线中，伊西多尔看到赏金猎人中等个头，并不特别强壮。圆脸，秃顶，滑溜的五官。就像哪个政府办公室的职员，办事按部就班，但态度倒也随和。并不是人形的半神，一点也不像伊西多尔预期的那样。

“我是旧金山警察局的侦探，名叫德卡德。里克·德卡德。”那人合上证件，塞回大衣口袋，“他们在上面？那三个仿生人？”

“嗯，问题是——”伊西多尔说，“我在保护他们。有两个是女人。他们是那群仿生人里仅剩的三个，别的都死了。我把普里斯的电视从她的房间搬上楼，挪到我的房间，让他们可以看老友巴斯特。巴斯特无可置疑地证明了默瑟不存在。”一想到自己知道这么重要的消息，而这位赏金猎人却没听过，伊西多尔就开始兴奋。

“我们上楼吧。”德卡德说。突然，他手里现出一支激光枪，指着伊西多尔。随后他犹豫了一下，把枪口移开。“你是特障人，对吧？”他说，“一个鸡头。”

“但我有工作，为——”他吓坏了，一时想不起名字，“一家宠物医院开卡车，”他说。“是范尼斯宠物医院，”他说，“店主是……是……是汉尼拔·斯洛特。”

德卡德说：“你能不能带我上楼，告诉我他们在哪个房间里？这里有上千个不同的房间。你可以帮我节省很多时间。”他疲倦地降低了声音。

“要是你杀了他们，你就不能再跟默瑟融合了。”伊西多尔说。

“你不想带我上去？好吧，是在哪一层？告诉我是哪一层就好。我自己在那层楼里找。”

“不。”

“根据州和联邦法律——”德卡德开了个头，然后停下来，放弃了盘问。“晚安。”他说，然后走开，顺着小道慢慢走进楼里。他的手电在身前照出一条泛黄的漫长小道。

到了公寓楼里，里克·德卡德关掉了电筒。眼前隔段距离就有一个早已不能发光的灯泡嵌在墙里，足够引导他沿着走廊往前走。他边走边想，那个鸡头知道他们是仿生人，在我告诉他之前就知道了。但他并不理解。但另一方面，有谁理解呢？我现在理解吗？我以前理解过吗？他们中有一个还是蕾切尔的复制品，他想到。也许那个特障人跟她同居了。不知道他喜不喜欢，他问自己。也许就是那个他觉得会切开蜘蛛的仿生人。我或许可以回头把蜘蛛找回来，他想到。我从来没找到过活的野生动物。低头突然看到一个活物跑来跑去，那该是多么美妙的体验啊。也许有一天，我也能碰上这事，就像他一样。

他从车里带来了监听设备。这时，他把设备装配起来，是一个旋转探头，带着一个扫描屏幕。在走廊的一片寂静中，屏幕上什么都没有。不是这层楼，他想。他按了一个开关，改成垂直扫描模式。顺着纵轴，探头发现了一个微弱的信号。在楼上。他收拾起设备和提箱，从楼梯爬到上一层楼。

阴影里，有个人影在等待。

“不许动。不然我就干掉你。”里克说。是男的那个，正在这里等他。他紧握的手指感觉到激光枪的硬度，但就是没法抬枪瞄准。他已经中了招，动弹不得了。

“我不是仿生人，”那个身影说，“我的名字叫默瑟。”它走进一块有光线的地方。“我是因为伊西多尔先生才住进这座楼的。就是拿着蜘蛛的那个特障人。你在外面还跟他聊了一会。”

“我是不是被默瑟主义开除了？”里克说，“就像那个鸡头说的？因为我接下去几分钟要做的事？”

默瑟说：“伊西多尔先生只代表他自己说话，不代表我。你即将要做的事，是不得已而为之的。我已经说过了。”他抬起胳膊，指着里克身后的楼梯。“我来这里是为了告诉你，它们中有一个在你身后，在下面，不在房间里。那是三个里面最难对付的一个，你必须先干掉它。”沙哑古老的声音突然提高了八度，“快，德卡德先生，**在楼梯上**。”

里克伸出枪，同时旋身蹲下，面朝楼梯。顺着楼梯悄声走上来一个女人，正朝着他的方向过来。他认识她，继而把枪口放低。“蕾切尔。”他困惑地说。莫非她开自己的飞车跟踪他，一路追到这里来？为什么？“回西雅图去，”他说，“别管我。默瑟告诉我，我必须完成这个工作。”然后，他突然反应过来，这不是真的蕾切尔。

“为了我们彼此依赖。”仿生人边说边扑过来。它双手直伸出来，似乎要掐住他。衣服不对，他想。但眼睛是同样的眼睛。还有别的复制品也是一样的长相。也许有一整个军团的她，每个都有不同的名字，但都是蕾切尔·罗森——那个原型蕾切尔，是制造商用来保护别的仿生人的。她哀婉地向他冲过来时，他开枪了。仿生人爆炸开来，残肢断体飞舞。他遮住了脸，然后再看一眼，发现它手持的激光枪滚到了楼梯上。金属枪管在楼梯上一级一级地往下蹦，回声阵阵，声音越来越小，滚动越来越慢。三个里最难对付的一个，默瑟刚才说。他转头去找默瑟，老人已经不见踪影。他们可以用蕾切尔·罗森来追踪我，直到我死去，他想，或直到这种型号被淘汰，看哪件事更先发生。现在，轮到另外两个了，他想。其中一个不在房间里，默瑟曾说。默瑟保护了我，他意识到。他现身出来，向我提供帮助。她——它——差点让我上当，他想，幸好有默瑟提前警告我。现在剩下的我就能对付了，他意识到。这一个是不可能的任务，她知道我下不了手。但现在结束了，只是一瞬间。我做到了先前做不到的事。贝蒂夫妇可以按照标准程序来追踪。他们也很难对付，但不会像这个这么难。

他独自站在空荡荡的走廊里。默瑟已经离去，因为他该做的事情已经做完了。蕾切尔——不如说是普里斯·斯特拉顿——已经四分五裂，没剩下什么，只剩下他一个人。但在这座楼里别的地方，贝蒂夫妇还在等他，而且，他们已经知道，已经能感觉到他在这里做了什么。很可能他们已经开始害怕了。这就是他进入这座楼之后他们的反应。他们主动出击。要是没有默瑟，他们几乎就成功了。但现在对他们来说，严冬来了。

我现在追杀他们，这件事必须尽快了结，他意识到。他顺着走廊快步前行，突然，追踪仪器检测到了脑波活动。他已经找到了他们的房间，不需要仪器了。他把仪器扔开，开始连续敲门。

门里传来一个男人的声音：“谁？”

"我是伊西多尔，"里克说，"让我进去，因为我在保护你们。你们有两……两……两个是女的。"

"我们不开门。"一个女人的声音传出来。

"我想在普里斯的电视上看老友巴斯特。"里克说，"既然他已经证明了默瑟不存在，现在看他的节目就是最重要的事了。我为范尼斯宠物医院开卡车，医院主人是汉尼拔·斯……斯……斯洛特先生。"他强迫自己开始口吃。"所……所……所以你能不能开……开……开门？这是我的房间。"他等了一会，房门开了。他看到房内一片黑暗，有模糊不清的人影，是两个不同的身影。

矮小的那个身影，那个女人，开口说："你必须先给我们做测试。"

"太迟了。"里克说。高个的身影试图把门关上，同时打开了什么电子设备。"不，"里克说，"我必须进来。"他抓着自己的激光枪，让罗伊·贝蒂先开火。他扭身闪开，让对方的激光束从他身边擦过。"你刚刚失去法律依据，"里克说，"因为你先向我开了枪。你本来应该强迫我给你们做沃伊特·坎普夫测试。但现在已经没关系了。"罗伊又向他发射了一道激光束，再次打偏，于是他丢下枪，逃往房间深处，也许是到里屋去了。他丢下了电子设备。

"普里斯怎么没干掉你？"贝蒂太太问。

"没有什么普里斯，"他说，"只有蕾切尔·罗森，以及她的千万化身。”在一片昏暗中，他看到她手中拿着激光枪。罗伊·贝蒂刚才把枪塞给了她，然后意图诱他进屋，好让伊姆加德从背后干掉他。“很抱歉，贝蒂太太。”里克说完，向她开枪。

另一间屋里的罗伊·贝蒂发出一声怒号。

“好吧，你爱她，”里克说，“而我爱蕾切尔。那个特障人爱另一个蕾切尔。”他向罗伊·贝蒂开了一枪。大个子抽搐了几下，轰然倒塌，就像是一袋塞得满满的零散脆弱的物件。它撞上餐桌，把盘盘碗碗一起带到了地上。内部的反应回路让尸身又抽搐抖动了一会。但它已经死了。里克没理它，没去看那具尸体，也没去看门前伊姆加德·贝蒂的尸体。我干掉了最后一个，里克意识到。今天六个了。几乎创纪录了。现在结束了，我可以回家了，回到伊兰和山羊身边。我们将有足够多的钱，终于有这一天了。

他在沙发上坐下。过了一会，在房间里的一片寂静中，在周围一动不动的所有物事中，特障人伊西多尔先生出现在门口。

“最好别看。”里克说。

“我在楼梯上看到她了。普里斯。”特障人在哭泣。

“不要这么难过。”里克说。他晕乎乎地站起来，艰难地说：“你的电话在哪儿？”

特障人什么也没说，一动不动，就这么站着。里克自己动手找电话，过了一会终于找着了，拨通了哈里·布赖恩特的办公室。

二十

“很好。”哈里·布赖恩特听到消息，说道，“嗯，去休息吧。我们派一辆警车去把那三具尸体运回来。”

里克·德卡德挂上电话。“仿生人很愚蠢。”他残忍地对特障人说，“罗伊·贝蒂分辨不出我和你。他以为我是你，才开的门。警察会来清理这个地方。你不妨另找一个房间住下，直到他们清理完。你恐怕不愿意待在这里跟这些尸体做伴。”

“我要离开这座……座……座楼，”伊西多尔说，“我要住……住……住到城里人多……多的地方。”

“我想我的楼里有空房间。”里克说。

伊西多尔更结巴了：“我不要……要……要住在你附近。”

“出去吧，或上楼去。”里克说，“不要待在这里。”

特障人挣扎了一会，不知道应该怎么办，无言的脸上掠过各种各样的表情。最后，他转过身，拖着脚走出了房间，留下里克一个人。

这是什么样的工作啊，里克想。我是个灾星，就像饥荒或瘟疫。我走到哪里，古老的诅咒就跟到哪里。

就像默瑟说的，我必须做错事。我从一开始做的事情就都是错的。不管怎样，现在到了回家的时间。也许，我跟伊兰一起待一阵子，就会忘记这些。

回到他家所在的楼顶时，伊兰已经在那儿等着他。她看他的眼神有些疯狂和错乱。跟她在一起这么多年，他还从没见过她这个样子。

他张开双臂抱住她，说："总之，一切都结束了。我一直在想，也许哈里·布赖恩特可以把我安排到另——"

"里克，"她说，"我必须告诉你一件事。我很抱歉。山羊死了。"

出于某些原因，他并不惊讶。只是感觉更差了一些，就像来自四面八方的沉重挤压上又加了一个砝码的重量。"合同里应该有保护条款。"他说，"如果九十天内它病了，经销商会——"

"它没病。有人——"伊兰清了一下嗓子，哑声继续说——"有人来到这里，把山羊从笼子里弄出来，拖到楼顶边缘。"

"然后推下楼去？"他问。

"对。"她点着头。

"你看到是谁干的了吗？"

“我看到她了，看得很清楚。”伊兰说，“巴伯那时还在这里晃悠，他下楼来找我，我们报了警，但那时山羊已经死了，她也已经走了。一个小个子的年轻女孩，黑头发，黑色的大眼睛。非常瘦。穿着一身鱼鳞状长外套，拿着一个邮袋状手包。而且她并没有故意避开我们。就像她根本不在乎。”

“对，她不在乎。”他说，“蕾切尔根本不关心你看见她没有。很可能她是故意让你看见的，好让我知道是谁干的。”他吻了她一下。“然后你一直在这上面等我？”

“只等了半个钟头。那就是半个钟头前的事情。”伊兰温柔地回吻了他一下，“太可怕了。何必呢？”

他转身走向刚停好的车，打开车门，坐到了驾驶座上。“何必呢？”他说，“她有她自己说得过去的理由。”一个仿生人的理由，他想。

“你要去哪儿？你不想下楼陪我吗？电视上刚放了最震撼的新闻。老友巴斯特宣称默瑟是骗子。你对这事怎么看，里克？你觉得那是真的吗？”

“什么都是真的，”他说，“任何人想象过的任何东西都是真的。”他啪一下打开飞车引擎。

“你不会有事吧？”

“我不会有事。”他说，然后心想，但我终会死去。两句话都是真的。他关上车门，向伊兰摆了摆手，然后刷一下升上夜空。

曾几何时，他想，这时候我可以看到星星。很多年前了。但现在只有尘埃，很多年没有人看见星星了，至少在地球上是看不见的。也许我该去一个可以看见星星的地方，他对自己说。车越飞越快，越飞越高，远离旧金山，飞向北面无人居住的荒凉处。那是没有任何活物愿意去的地方，除了自觉死期将至的那些生物。

二十一

在晨曦中，下方灰茫茫的大地往前无限延伸，垃圾遍野。房子般大小的乱石都已经滚落到再也不能动弹的地方，一块接一块紧挨着。他想，这里就像是发货仓库，所有货物都已离去，只剩下货箱的杂乱碎片。这些集装箱本身并没有任何意义。曾几何时，他想，这里生长着庄稼，无数动物悠闲地啃食草叶。想起来多么神奇，竟然曾有东西在这里吃草。

多么奇怪的地方，他想，所有那些生命都死了。

他把飞车降下，贴着地面滑翔了一阵。戴夫·霍尔登会怎么评价我呢？他问自己。在某种意义上，我已经是历来最伟大的赏金猎人了。从没有人在二十四小时内消灭过六个枢纽6型，以后可能也不会再有了。我应该给他打个电话，他想。

一个怪石嶙峋的山头向他迎面扑来，他紧急把车升起。太疲倦了，他想。我不应该在这种时候还开车。他关掉火，滑翔了一段时间之后，把飞车停下。飞车磕磕碰碰地在山坡上滑了一阵，碎石激溅乱飞。最终，车子在刺耳的摩擦声中跌跌撞撞地停下，车头朝着上坡的方向。

他拿起车中的话机，拨通了旧金山的接线员。“给我转锡安山医院。”他告诉她。

很快，另一个接线员出现在他的屏幕上。“锡安山医院。”

“你们有个病人叫戴夫·霍尔登，”他说，“他身体好些了吗？现在有没有可能跟他说话？”

“稍等一会，我查一下，先生。”屏幕暂时空白。不知过去了多长时间。里克捻了撮约翰逊博士牌鼻烟，突然打了个冷战。车里的暖气没开，气温已经开始下降了。“科斯塔医生说霍尔登先生不能接电话。”接线员重新出现，对他说。

“这是警察事务。”他说，把证件包举到屏幕上。

“稍等一会。”接线员再次消失。里克又吸了一口鼻烟，里头的薄荷味似乎很馊，在这一大清早。他摇下车窗，把小小的黄色锡罐扔进了乱石堆。“不行，先生。”接线员再次出现，说，“科斯塔医生觉得霍尔登先生的状况不适合接任何电话，不管多么紧急，至少要——”

“好的。”里克说，然后挂上电话。

空气似乎也有一股馊味。他又摇上了车窗。戴夫确实不行了，他想到。不知道他们为什么没能干掉我。因为我行动太快，他断定。都在同一天。他们根本料想不到。哈里·布赖恩特说得对。

车里太冷了，他打开车门，走到车外。一阵意外的烦人的风灌进了他的衣裳。他一边走，一边搓手。

跟戴夫聊聊本来会有好处的，他想。戴夫会赞成我的所作所为。他也会理解问题的另一层面，我觉得连默瑟也理解不了那一层面。对默瑟来说，什么都是那样容易，他想，因为默瑟接受一切。没有什么事物对他来说是陌生的。但我所做的一切，他想，对我自己是那样陌生。实际上，关于我的一切都变得不自然了。我变成了一个非自然的自己。

他继续向山上爬去。每爬一步，他都感觉身上的负担更沉重了。太累了，他想，爬不动了。他停下来，从眼睛上擦去刺眼的汗水，那是他的皮肤、他痛楚的身体产生的带盐的泪水。然后，他突然开始生自己的气。他带着对自己的愤怒和鄙视，带着对自己的痛恨，往荒芜的地上吐了一口唾沫。然后他继续向坡上爬去，那片孤独而又陌生的土地，远离尘嚣。这里没有别的活物，只有他自己。

热啊。现在太热了。显然已经过去了很长时间。而且，他开始感到饥饿。天知道他多久没吃东西了。又热又饿，这种糟糕的感觉简直跟失败一样。对，他想，就是那种感觉：我已经被什么说不清道不明的东西打败了。是因为我杀了那些仿生人，还是因为蕾切尔杀了我的山羊？他不知道。但当他低着头，拖着沉重的脚步慢慢前行的时候，一种模糊虚幻的厌倦渐渐笼罩了他的心灵。后来他突然发现，自己不知怎的来到了一个万丈深渊的边上，距离失足只有一步之遥。差点就这么可耻无助地掉下去了，他想。就这么一直往下掉，甚至没人能看见。在这里，没有人记录他或别人的坠落。在这里，不管你多么勇猛，多么狂傲，最终不过是一抔无法分辨的黄土。那些没有生命的石头，那些覆满尘埃的干枯垂死的杂草，什么也看不见，什么也记不住。它们和他都一样，都会被淹没在历史的尘埃中。

就在这时，第一块石头——不是橡皮，不是柔软的泡沫塑料——击中了他的鼠蹊部。一阵剧痛，他第一次感觉到，绝对的孤独和苦难，正原形毕露、张牙舞爪地撕咬着他的全部身心。

他停了一会，然后，似乎被什么东西驱使着——似乎是根看不见摸不着，但又真实得不容置疑的鞭子——他又开始继续向上攀登。自动滚上去，他想，就像那些石头。我做的事就跟石头一样，只是不是自愿的，做起来也没有任何意义。

“默瑟。”他喘着气说。他停下脚步，站住不动。他眼前出现了一个一动不动的模糊阴影。“威尔伯·默瑟！是你吗？”我的天，他突然意识到。那是我自己的影子。我必须离开了，必须下山了。

他手忙脚乱地往山下退去，有次摔倒了，尘埃卷成的云团遮蔽了一切。他奋力逃离那股尘埃，冲得更快，在松散的碎石上一会儿滑一会儿跳，连滚带爬。终于，他看到了自己的飞车。我回来了，他对自己说。我下山了。他拉开车门，挤了进去。谁向我扔的石头？他问自己。没有人。但这为什么会困扰我？我以前融合的时候就已经经历过了，就是使用共鸣箱的时候，跟别人一样。这不是什么新鲜事。但这是新鲜事。因为，他想，这次是我独自一人的体验。

他颤抖着从车子的杂物箱里取出一罐新的鼻烟，撕开胶带，狠狠吸了一口，然后放松下来，一半身子在车内，另一半在车外，脚底踩着干燥的、积满尘埃的土壤。这是最不该来的地方，他意识到。我根本不应该飞到这里。可是现在，他发现自己已经太累了，没法再飞回去了。

要是能跟戴夫谈一下就好了，他想，那样我就没事了。我可以从这里离开，回家，回到床上。我仍然有我的电子羊，仍然有我的工作。还有更多的仿生人需要消灭，我的职业并没有终结，我还没有消灭掉世界上最后一个仿生人。也许就是这个问题，我在害怕没有别的仿生人了。

他看了看表。九点半。

他拿起车里的话机，拨通了伦巴底街上的执法部。“帮我接布赖恩特局长。”他对警察局接线员怀尔德女士说。

“布赖恩特局长不在办公室，德卡德先生。他开车走了，但我也接不通他车上的电话。他一定是临时离开车子了。”

“他有没有说他要去哪儿？”

“好像跟你昨天消灭的仿生人有关。”

“帮我接我的秘书吧。”

过了一会，安·马斯滕的橙色三角形脸蛋出现在屏幕上。“哦，德卡德先生——布赖恩特局长一直在找你。我估计他要把你的名字提交给卡特警督，让他公开表彰。因为你消灭了六个——”

“我知道我的成绩。”他说。

“那是史无前例的成绩。哦，对了，德卡德先生，你太太也打过电话。她想知道你怎样了？你没事吧？”

他什么也没说。

“不管怎样，”马斯滕小姐说，“也许你应该给她回个电话，亲口告诉她。她留言说她会在家里等你的电话。”

“你听说我山羊的事了吗？”他说。

“没有，我甚至不知道你有只山羊。”

里克说：“他们抢走了我的山羊。”

“谁干的，德卡德先生？动物窃贼？我们刚接到报告，说最近新出现了一大帮动物窃贼，可能都是少年，活跃在——”

“生命窃贼。”

“我不明白你在说什么，德卡德先生。”马斯滕小姐紧紧盯着他，“德卡德先生，你看起来很糟糕，很疲倦。而且，天哪，你的脸颊在流血。”

他举起手来，摸到了血。很可能是石头砸的。显然，有不止一块石头砸到了他。

“你看起来——”马斯滕小姐说，“就像威尔伯·默瑟。”

“我就是，”他说，“我就是威尔伯·默瑟。我已经永久地跟他融合了。我没法再跟他分开。我就坐在这儿等着分开呢。这是靠近俄勒冈边界的某个地方。”

“需要我们派人过去吗？派辆警车去把你接回来？”

“不用了，”他说，“我不属于这个警察局了。”

“看来你昨天过度疲劳了，德卡德先生。”她训斥说，“你现在需要的是上床休息。德卡德先生，你是我们最好的赏金猎人，历来最好的。布赖恩特局长回来时，我会跟他说一下。你回家吧，多睡睡。马上给你太太打个电话，德卡德先生，因为她非常非常担心你，我看得出来。你们俩看起来心情都很差。”

“是因为我的山羊，”他说，“不是因为仿生人。蕾切尔错了——我消灭它们毫无障碍。那个特障人也错了，他说我不能再跟默瑟融合了。只有一个人对了，那就是默瑟。”

“你最好快点回到湾区来，德卡德先生。这里人多。北边靠近俄勒冈的地方没有任何生物，对吧？你是一个人在那里吗？”

“很奇怪，”里克说，“我有过一阵绝对真实、绝对完整的幻觉。我觉得自己成了默瑟，还有人在朝我扔石头。但跟握着共鸣箱手柄时的体验不一样。当你使用共鸣箱时，你觉得你跟默瑟**在一起**。我却没有跟任何人在一起。我是独自一个人。”

“现在他们说默瑟是假的。”

“默瑟不是假的，”他说，“除非现实世界是假的。”这座山，他想。这些尘埃，这么多乱石，每块石头都跟别的石头不一样。“我恐怕——”他说，“我只能一直当默瑟了。一旦开始，就退不出来了。”我还需要再爬那座山吗？他胡思乱想起来。永远永远，像默瑟一样，陷在永恒里。“再见。”他说，准备挂掉电话。

“你会给你太太打电话吧？你发誓？”

“会的。”他点头，“谢谢你，安。”他挂掉电话。上床休息，他想。我上次倒在床上，是跟蕾切尔在一起。这是违法的事。与仿生人交配，法律绝对不允许，不管是在这里，还是在所有的殖民世界。她现在肯定已经回到西雅图了。跟其他罗森在一起，不管是真人还是仿生人。我多希望能以眼还眼，以牙还牙，他想。但你报复不了仿生人，因为它们根本不在乎。如果我昨晚杀了你，那我的山羊现在就不会死。这就是我做错的地方。对，他想，所有的一切都可以回溯到那一点，回溯到我跟你上床的时刻。不管怎样，有一件事你说对了：这改变了我。但改变的方式跟你预期的不一样。

比你预期的方式糟糕得多，他断定。

可是我并不真的在乎。再也不在乎了。自从我在那山上，快到山顶时碰到那件事之后，就不在乎了。如果我继续爬山，一直爬到山顶，不知道会发生什么。那是默瑟每次死去的地方。那是永恒循环中每一次旅程的最终点，也是默瑟的功业最辉煌的顶点。

但如果我是默瑟，他想，我就永远不会死，万年之后也不会死。**默瑟是不死的**。

他再次拿起话机，拨打他妻子的电话。

然后，他突然僵住。

二十二

他把话机挂回去，紧紧盯着车外刚才有过动静的地方，一动不动。地上乱石中凸起的那一块。是一只动物，他对自己说。他的心脏开始狂跳，因为他认出了那个东西，非常震惊。我知道那是什么，他意识到。我从没亲眼见过它，只在官方电视频道上放映的古老自然影片里看到过。

它们已经灭绝了！他对自己说。他迅速掏出皱巴巴的《西尼目录》，用抽筋的手指翻着页。

蛤蟆（蟾蜍），所有子类……灭绝。

已经灭绝很多年了。这是威尔伯·默瑟最珍爱的动物，跟驴子并称。但最珍爱的还是蛤蟆。

我需要一个盒子。他在座位里转身看了一下，飞车后座上没有东西。他跳出车子，冲到后备厢那儿。后备厢里头有一个硬纸板箱子，箱子里有一个备用油泵。他把油泵倒出箱子，找出一把毛刷，一步一步慢慢地走向蛤蟆，眼睛始终盯着它，不敢挪开。

他看到那只蛤蟆混在遍地尘埃的纹理和阴影中。它可能进化出能够适应新气候的能力了。要是它没有移动，他就永远发现不了它，虽说他就坐在离它不超过两码的距离。要是你发现一只据信已经灭绝的动物，会有什么结果？他问自己，试图回想起来。这种事极少发生。可能有联合国颁发的荣誉之星奖章，还有一笔津贴。上百万块钱的奖金。而且无巧不巧，正好发现了默瑟最珍视的动物。上帝，他想。这不是真的。也许是我的脑子坏了：我被放射尘感染了。我变成特障人了，他想。我身上发生了变化。就像那个鸡头伊西多尔和他的蜘蛛。他身上发生的事情，现在也发生在我身上了。是默瑟安排的吗？但我就是默瑟。是我安排的。我发现了蛤蟆。我能发现它，是因为我通过默瑟的眼睛看世界。

他蹲下身，从蛤蟆后面慢慢靠近。它正在为自己挖一个半大的坑，挖出的尘土一小堆一小堆用屁股撅开。只有扁平头颅的上半部分和眼睛还凸显在地面上。这时，它的新陈代谢几乎停顿，似乎进入了深沉的睡眠。它的眼睛全无神采，并没有看见他。他惊慌地想，它死了，也许是渴死的。但刚才它明明动了一下。

他把纸箱放在一边，小心地用刷子把松土从蛤蟆身上扫开。它似乎并没有抗拒，显然，它并没有意识到他的存在。

拾起蛤蟆时，他感觉到了它独特的凉意。在他手中，它的身体干燥起皱，软沓沓的，凉得就像常年住在不见阳光的地底一英里深的洞中。这时，蛤蟆蠕动了一下，虚弱的后腿试图撬开他的掌控，本能地想要跳出去。好大一只，他想。完全成年、心智成熟的蛤蟆。在我们都没法真的活下来的环境中，它用自己的方式活下来了。就是不知道它去哪里找水产卵。

所以，这就是默瑟看见的东西。他一边想，一边费劲地把纸箱捆牢，捆了一圈又一圈。默瑟能看见我们再也分辨不出来的生命。在死去的世界里，小心地挖坑把自己埋到额头的生命。也许，在这个宇宙的每一片灰烬中，默瑟都能觉察到毫不起眼的生命。现在我知道了，他想。一旦通过默瑟的眼睛看世界，我就再也不会停止。

这回，没有仿生人能剪掉这只动物的腿，他想，就像它们对付那个鸡头的蜘蛛一样。

他把捆得紧紧的箱子放在车座上，然后坐回驾驶座。他的心情就像回到了童年时代。现在，他身上的重负都已离去，是的，所有那些沉重如山的压力和倦意。不知伊兰听到这个消息会有什么反应。他拿起话机，开始拨号，突然又顿住。这是一个惊喜，他决定。只需要三十分钟就能飞回去。

他急切地打开引擎，随后嗖一下蹿上天空，飞往旧金山的方向，往南几百英里的地方。

伊兰·德卡德坐在彭菲尔德情绪调节器前，右手食指轻轻摸着拨号盘。但她没有拨号。她没精打采，病怏怏的，什么也不想要。这是一种隔绝了未来的心理负担，拒绝接受任何可能的未来。如果里克在这里，她想，他会要我拨3，然后我就会想要拨一个重要的、让人兴高采烈的号，要不也可能拨888——想看电视的渴望，不管电视上正在放什么。不知现在电视上在放什么，她想。然后她又想，不知里克去了哪儿。他可能会回来，但另一方面，他也可能不会回来，她对自己说，感到身体的骨骼在随着年纪一起衰老。

房门口传来了敲门声。

她放下彭菲尔德手册，跳起身来，心想，我现在不用拨号了。我已经有情绪了——如果那是里克的话。她跑到门口，把门开得大大的。

“嗨。”他说。他站在那儿，脸颊上有一道伤痕，衣服皱巴巴、灰扑扑的，连头发里都渗满了尘埃。他的双手，他的脸——尘埃黏附在他身上的每一处，除了他的眼睛。他圆睁的双眼里闪耀着惊奇，像个小男孩似的。他看起来——她想，就像已经在外头玩够了，终于到了回家的时候，回来洗洗休息一下，顺便说说今天碰到的神奇故事。

“看到你真好。”她说。

“我有一个东西。”他两手抱着一个纸箱，进了房间后也没把纸箱放下。就好像——她想，纸箱里是什么脆弱易碎的珍宝，不能轻易放手。他想永远把它抱在手里。

她说："我给你弄杯咖啡。"她在灶边按了一下咖啡键，过了一会，就把一大杯咖啡放在他的餐桌座位前。他坐下时仍然抱着纸箱，脸上仍然满是大开眼界的惊奇之色。她认识他这么多年，还从未见过他这个表情。她上次见到他之后，昨夜他驾飞车离开之后，肯定发生了什么事。现在他回来了，这个箱子跟着他一起回来了：这个箱子里一定装着他遇到的最重要的东西。

"我想睡觉，"他宣布，"睡一整天。我已经打电话去局里找过哈里·布赖恩特。他准我放一天假，好好休息。正合我意。"他小心地把纸箱放到桌上，拿起咖啡杯。遵从她的命令，他把咖啡喝光了。

她坐到他对面，说："你这箱子里是什么，里克？"

"一只蛤蟆。"

"我可以看看吗？"她看着他解开箱子，打开盖子。"啊。"她看到了蛤蟆，但出于某些原因，她有些怕它。"它会咬人吗？"她问。

"把它拿起来。它不咬人。蛤蟆没有牙齿。"里克把蛤蟆拿起来，递给她。她抑制住自己的厌恶，接住了蛤蟆。"我以为蛤蟆已经灭绝了。"她说着把它翻过来，好奇地看它的腿。这些腿似乎完全无用。“蛤蟆会像青蛙一样蹦跳吗？我是说，它会不会突然从我手里跳出去？”

“蛤蟆的腿很虚弱，”里克说，“这是蛤蟆和青蛙的主要区别之一。它们对水的需求也不同。青蛙必须生活在水边，但蛤蟆可以生活在沙漠里。我是在沙漠里找到它的，在北边靠近俄勒冈边界的地方。那里什么都死绝了。”他伸出手，想要拿回蛤蟆。但她发现了一件事。她把蛤蟆肚皮朝上拿着，捅了捅它的肚皮，然后用指甲找到了那个小小的控制板。她打开了控制板。

“哦。”他的脸一点一点地沉下来，“是，我明白了。你猜对了。”他气馁地注视着那只假动物，从她手里拿了回来，扯了几下它的腿，似乎还在困惑——他似乎并不完全理解这件事。然后，他小心地把它放回箱子。“不知道它是怎么跑到那个鸟不生蛋的地方去的。肯定是什么人把它放在那儿的。没法知道为什么。”

“也许我不应该告诉你——它只是个电子动物。”她伸出手，碰了下他的胳膊。她觉得很过意不去，因为她看到了这对他的打击，给他带来的改变。

“不，”里克说，“我很高兴知道真相。应该说——”他沉默了一会，“我宁愿知道真相。”

“你想用一下情绪调节器吗，把自己弄高兴点？你一向能从那里面得到许多好处，比我的所得多很多。”

“我没事。”他甩甩头，似乎想把头脑甩清楚些，但仍然百思不得其解。“默瑟送给鸡头伊西多尔的那只蜘蛛，很可能也是人造的。但没有关系。电子动物也有它们的生命。只不过那种生命是那样微弱。”

伊兰说：“你看上去像是徒步走了一百英里。”

“这一天好漫长。”他点头道。

“上床去吧，好好睡一觉。”

他还是瞪着她，仍然一脸茫然。“都结束了，对吗？”他似乎满心信任地在等她的答案，好像她知道答案似的。就好像他觉得自己说出来的话没有任何意义。他开始对自己的话起疑。说什么都不会变成真的，在她赞同之前。

“都结束了。”她说。

“老天，多么漫长的任务。”里克说，“我一旦开始，就没办法停下。任务就这样一直推着我向前跑，直到最后干掉了贝蒂夫妇，然后我突然就无事可做了。而那——”他迟疑了一下，显然也对自己说的话感到惊奇。“那样简直更糟糕，”他说，“当我完成任务以后。我停不下来，因为一旦停下，就什么都没有了。你今天早晨说得对，我只不过是一个残忍的警察，有一双残忍的手。”

“我再也没有那种感觉了。”她说，“我现在高兴得要命，你终于回家来了，这里才是你的归宿。”她亲了他一下，这似乎又让他高兴起来。他的脸又开始放光，几乎就像刚才——刚才她告诉他蛤蟆是电子动物之前。

“你觉得我做的是错事吗？”他问，“我今天做的事情？”

“不觉得。”

“默瑟说那是错事，但不管怎样，我都必须去做。真的很古怪。有时候，做错事比做正确的事更好。”

“那就是我们身上的诅咒，”伊兰说，“默瑟教导的。”

“他是说放射尘？”他问。

“默瑟十六岁时，那些杀手找到他，告诉他不许再逆转时间，挽回生命。所以后来，他只能随着生命前行，随波逐流，直到死去。杀手还会扔石头，就是他们在山坡上扔石头，仍然在追猎他。实际上也在追猎我们所有人。你的脸颊在流血，是不是他们干的？”

“是。”他脸色苍白地说。

“你现在该上床休息了吧？要不要我把情绪调节器拨到670号？”

“那是什么设置？”他问。

“早已应得的安宁。”伊兰说。

他吃力地站起身来，脸色困倦迷糊，就好像千军万马的厮杀在漫长的岁月里起起落落，终于远去。然后，他一步一步地慢慢走向卧室。“好的，”他说，“早已应得的安宁。”他在床上伸展开身体，尘埃从他的衣服和头发上散落到白色床单上。

没必要打开情绪调节器了，伊兰意识到。她按下一个按钮，把卧室窗户调暗。外面灰色的天光消失了。

过了一会儿，里克在床上睡着了。

她继续在卧室里待着，看着他，以免他突然从梦中惊醒，突然恐慌地直直坐起来。他有时半夜会这样。过了一阵，她回到厨房，重新坐到餐桌前。

在她身边，电子蛤蟆在箱子里翻滚挪动。她突然想知道它“吃”什么，还有应该怎么修理它。它吃人造苍蝇，她断定。

她打开电话簿，在黄页里查找电子动物附件。她拨了个号。女销售员出现时，她说：“我想订一磅人造苍蝇，会飞、会嗡嗡响的那种。”

“是给电子龟订的吗，女士？”

“是蛤蟆。”她说。

“那么，我推荐一个什锦套餐，里头有各种各样的人造爬虫和飞虫，包括——”

“苍蝇就行了。”伊兰说，“你们送货上门吗？我不想离开房间。我丈夫在睡觉，我想在这里陪着他，确保他没事。”

销售员说：“要是蛤蟆，我推荐一个自动更新的永久性人工泥潭。如果是角蟾，我们有一套人工沙盘，里头有沙子，有五颜六色的碎石，还有各种有机杂碎。如果你想定期喂养它，我建议你让我们的服务部定期给它调整舌头。对蛤蟆来说，那是生死攸关的大事。”

“好的，”伊兰说，“我要它完美无缺。我的丈夫对它感情可深了。”她给出了家里的地址，然后挂掉电话。

然后，她感觉好了些，又为自己做了一杯热气腾腾的黑咖啡。

译后记

关于电影标题

PKD的小说作品，有很多已经或将要被好莱坞改编成电影，但至今最有名的，是一九八二年根据本书改编成的《银翼杀手》（*Blade Runner*）。这部电影以晦暗压抑的气氛、光怪陆离的特效和震撼人心的主题，在近年来的多种科幻电影排行评选中位列第一，在科幻史上的影响极其深远。

有趣的是，据记载，*Blade Runner*这个片名其实来自另一部完全不相干的科幻小说。

一九七四年，美国科幻作家艾伦·诺斯（Alan Nourse）出版了一部名为*The Bladerunner*的长篇小说，主角是在黑市上倒卖医疗器械的走私商。在这个书名里，blade用来指代手术刀。一九七九年，美国作家威廉·伯勒斯（William Burroughs）受雇把艾伦·诺斯的原著改写成一个适合拍电影的中篇小说，改写之后的题目叫*Blade Runner (A Movie)*。但后来这个故事并没有被拍成电影。

随后，一九八〇年，在本书改编成电影的筹备阶段，因为原书名又长又绕口（*Do Androids Dream of Electric Sheep?*有六个单词，九个音节），制片方想要换一个简短响亮的片名，曾先后考虑过“Android”和“Dangerous Days”。但编剧之一汉普顿·范彻（Hampton Fancher）正好看过上面说的那篇*Blade Runner (A Movie)*，觉得“Blade Runner”这个说法很酷，就向制片方提起。制片方如获至宝，买下了“Blade Runner”这个标题的所有使用权。于是，片中追杀仿生人的那些猎手，就有了Blade Runner这个头衔。当然，片中的打打杀杀要么是赤手空拳，要么用热兵器，并没有谁用刀，所以，这里的blade是虚指。要是按字面来翻译，说成是刀尖上行走的人，也很符合那种九死一生的危险职业。同一个blade，在另一个故事里是指救人的刀，在这个故事里却成了杀人的刀。

另外，片中并没有长翅膀的鸟人，因此，台版翻译为什么会把*Blade Runner*翻成《银翼杀手》，一直是个令观众困惑的问题。一个可能是：因为世界上许多地方的警徽图案都是张开双翼的雄鹰，片中那些杀手也是警方雇员，也会随身携带警徽，所以当时的电影译者就顺手把这个标签打上去了，凑成一个听起来很酷的四字头衔。另一个可能是：因为上面提到的那部*Blade Runner (A Movie)*小说的第一版封面上，有一只长了翅膀的跑鞋，而电影的台版译者正好看到过这个封面画，就不管故事内容有关无关，直接把翅膀借到译名里了。

关于小说标题

这部小说的标题原文*Do Androids Dream of Electric Sheep?*是一个疑问句。小说中并没有谁真的问出过这个问题，但读者看完小说后，会很自然地觉得这是男主角某个时刻瞪着天边发呆时，理所当然应该想到的问题。

Android这个词，本来一般译作“机器人”。然而在这部小说里，那些androids虽然是人工制造出来的产品，但是他们的体内并不是线圈、螺丝和芯片，而是跟自然人一样的血肉筋骨。他们的外貌形象和言行举止，都跟自然人一样，只有骨髓测试才能够百分百确定他们不是自然人。把这样的生命称作“机器人”，并不是很合适，所以我们这里采用“仿生人”这个译法。

Electric Sheep这里译作“电子羊”，也是经过权衡的。小说故事里既有sheep又有goat，为了表示区别，本应分别译作“绵羊”和“山羊”。因此，Electric Sheep本应译作“电子绵羊”。然而，在小说标题中作这样的区分似乎并没有必要，因为这个标题是在问仿生人会不会梦见电子宠物，不管是绵羊还是山羊，都是宠物，用一个更简短上口的“电子羊”来代替“电子绵羊”也很合适。

“仿生人会梦见电子羊吗”这个问题，其实有两个层次。第一层次是问仿生人会不会做梦，第二层次是问如果他们做梦的话，会不会梦见电子羊。从字面上看，小说男主角在查阅一个野心勃勃的仿生人的资料时，曾自问过第一个问题。然而在这里，会不会做梦是虚指，意思是有没有远大的理想抱负。仿生人不愿继续被奴役，想过上跟自然人一样的生活。这样的梦，实际上跟马丁·路德·金的那个著名演讲《我有一个梦》中所说的梦，很有相通之处。

这样的长标题，有个意外的好处是：很容易找到曲子来配。热拉兹内（Roger Zelazny）在一九七五年写的序里就曾说过，看完这本书后，有时候“Do Androids Dream of Electric Sheep”这句话在他的脑中徐徐流过，竟然是按《绿袖子》（“Greensleeves”）的旋律和拍子走的。类似地，“仿生人会不会梦见电子羊”这句话，配上齐秦《原来的我》的调子，唱起来倒也朗朗上口。

小说的扉页上引了几句诗：“而我仍梦到他踏着草地/在露水中飘飘荡荡行走/让我的欢歌轻易刺透。”这几句诗出自爱尔兰诗人叶芝在一八八九年发表的《快乐牧羊人之歌》（“The Song of the Happy Shepherd")。有趣的是，这几句诗单独看似乎是在说梦见一只羊，但那其实是断章取义。叶芝的原诗说的是梦见一个faun，罗马神话中半羊半人的精灵。更有趣的是，这里所谓的“半羊半人”，其中羊的那一半，其实是山羊（goat）而不是绵羊（sheep）。最有趣的是，叶芝那首诗虽然原本是作为他的神话诗剧《摩沙达》（*Mosada*）的尾声歌词出现的，但把那首诗单独拿出来看的话，那种苍凉神秘的调调，还有对古老地球的怀想，其实很有点科幻诗的味道。我们可以想象，把这部小说的时间线延伸下去，经过无数世代，人们早已对仿生人见怪不怪，甚至人羊合璧之类的基因工程物种也大行其道之后很久，在地球文明向银河系大规模扩张迁移之后的某一天，在银河系某个角落的某颗星球上，某个闲人悠悠地哼起这首《快乐牧羊人之歌》，遥想传说中古老地球上的那种半羊半人的精灵……

关于故事

小说里的故事覆盖了从一天早晨到第二天早晨的二十多个小时。男主角在追杀几个仿生人的过程中，经历无数变故，狗血共桃花一色，阴谋与暴力齐飞，几次身陷绝境然后死里逃生，又几次经历排山倒海的情绪冲击。短短一天时间，他三观尽毁，完全变成了一个新人。

应该说，小说里的人物和社会面临的各个层次的困境，比电影里要深广复杂得多。

从小的个人生活来看，男主角的婚姻正处在动荡中。两口子一会吵得天翻地覆非离不可，一会又好得如胶似漆蜜里调油。PKD写作这部小说时，刚开始他的第四段婚姻。他在婚姻方面的丰富阅历是多数科幻作家所不能及的。那种时而大爱时而大恨，一会狂怒决绝一会又患得患失的微妙心态，PKD写得入木三分。在这样的背景下，男主角跟女仿生人的一夜情，是前头许多事情的果，又是后头许多事情的因，在男主角的蜕变过程中起到了承上启下的枢纽作用。

从大的社会总体态势来看，世界经历了核战，虽然没有立即把地球文明完全摧毁，但空气中长久飘浮的放射性尘埃已渐渐灭绝了地球上的大多数动物，以致在人类社会里，收养动物不再仅仅是为了养宠物好玩，更是人类同情心的体现，同时也是财富和社会地位的象征：越有钱的人，收养的动物越珍稀。男主角不幸，没几个钱，买不起真羊，只能弄个电子羊来养着装装样子，好糊弄邻居外人。在小说中，这类电子宠物已经衍生出庞大的周边产业，连维修电子宠物的厂家也会起个某某宠物医院的名字，派出穿白大褂的技工装成兽医模样，开着带医院标志的救护车去客户家里收治损坏的电子宠物，就是为了在邻居外人面前完全维护客户的面子，让大家以为他养的是真动物。想起中国曾有公司有专门的收费服务，就是帮非iPhone用户发出的电子邮件自动加上“发自iPhone”的字样，让别人以为他们用的是iPhone。屌丝的面子伤不起，古今中外莫不如是。

另外，人类天然拥有对其他动物的同情心，而仿生人没有，这是小说中自然人和仿生人之间很重要的一点区别。小说中用来大致检测仿生人的那种沃伊特·坎普夫心理测试，就是检测这种同情心的。电影里没有相关的背景交代，所以电影里的那些测试题显得莫名其妙，没看过小说的观众恐怕还真难理解为什么这些题能测出来对方是仿生人。不过，这个同情心有一个很重要的前提：当时地球上的野生动物已经基本灭绝了，因此，每一只活着的动物都显得那样珍贵。还有一点就是：小说中出现的动物，对人类都没有什么攻击性。因此可以只提人对它们的同情喜爱，不提人对它们的畏惧。当然，照理说，凶猛的食肉动物也一般处于食物链上层，在下层动物都所剩无几的情况下，上层动物更是早就灭绝了，因此，不在故事里出现也说得过去。另外，人类都已经能造出仿生人了，为什么造不出仿生动物？这一点书中也没有解释。要是有仿生动物，恐怕很多人都会去养仿生羊而不是电子羊，小说题目也可以改成《仿生人会梦见仿生羊吗？》。

在书中，默瑟主义是基于人类的泛同情心建立起来的一种宗教，强调大家的情感体验，要跟那个一直在艰苦跋涉的默瑟老头融合在一起，体验那老头的无尽苦难，从中寻找人生的意义。感同身受才会加强共鸣，这应该就是文中默瑟主义要求大家使用那个共鸣箱的本意。书中只有仿生人是完全不信默瑟主义的，其他人要么全信，要么半信半疑。当然，关于默瑟主义真正的来龙去脉，到底是谁为了什么目的搞出来的，书中留了白，没有交代。也许有些热衷于阴谋论的读者，读完小说后仔细想想，会感觉被吊在半空中。但小说最后，那些戏剧性的变化和一波又一波的情绪冲击，似真似幻此起彼伏，让读者喘不过气来，彻底沉浸在强烈的个人体验中，阴谋不阴谋的也就没那么重要了。

当然，关于自然人和仿生人应该怎样对待彼此，由此引申出怎样定义人，怎样定义正常人和非正常人，谁该和谁平权，道德依据来自哪里，等等，这些都是书中层层转折反复探讨的重点问题，也是电影中主要探讨的问题。科幻这个类型的好处是可以在一套假想的设定中尽情辗转腾挪，把这些人类还没真正碰到、有些人会称之为“杞人忧天”的伦理问题先掰开揉碎了仔细探讨一番。当然，要是能跟人类已经遇到过的问题进行类比，那就更能让人感同身受。美国埃默里大学考特尼·布朗（Courtney Brown）教授主持的“科幻与政治”讨论课（录音可在网上下载）讨论本书时，将仿生人受奴役的状况类比于美国早期黑奴，并在此基础上讨论仿生人要求平权的正当性，就是一个很有意思的切入角度。

关于技术

本书的英文原著最初写于一九六七年，出版于一九六八年，描写的是二十五年后的一九九二年的世界。一九八〇年代这本书在美国再版时，书中所描写的许多技术并没有很快实现的可能，所以出版方把书中故事发生的时间从一九九二年改成了二〇二一年，好自圆其说。但现在已是二〇一三年，小说里的许多技术仍然没有成为现实，比如仿生人、激光枪、情绪调节器、火星殖民、私人飞车等。也不知将来再版的时候，出版方会不会再把故事时间往后调。如果是像克拉克《2001》那样的小说，书名就已经把故事时间绑死了，调不得。本书的背景倒是没那么僵化，调一调也没什么，但调整次数过多大概也会比较搞笑。

当然，另一方面，作者也没有预见到后来对人类生活产生重大影响的许多技术成就，比如现在我们已经习以为常的个人电脑、互联网、智能手机、GPS导航等等。如果要把这些技术都用上，书中人物的一些行为和故事进展就会不太一样。从这个角度来说，还不如就让故事发生在一九九二年，让书中人物没这些技术可用。

小说中的共鸣箱，按现在的眼光看，是一种沉浸式的虚拟现实技术。要是让八九十年代的科幻作家来写，也许会让书中人物戴上头盔来使用共鸣箱。但PKD写得朴素，书中人物只要双手握住共鸣箱的手柄，就能融入那个虚拟现实；而且在虚拟现实中受了什么伤，在真正的现实中也会受什么伤。按现有的科技，不太容易解释这怎么实现。不过克拉克说过，足够先进的技术，看起来就像魔法。姑且认为共鸣箱就是先进得像魔法的技术吧。

还有小说中的心理测试，测的是对一些社会情境的下意识反应速度。人类潜意识和显意识之间的关系，一直是很有趣的话题。去年希伯来大学的人研究人类潜意识，给测试对象左眼看明亮且不断变化的色彩斑纹，强势占据他们显意识的注意力，同时给右眼看正确或不正确的文字表述或数学算式，让他们的潜意识去处理。实验表明，对于普通的文字或算式，潜意识并没有什么反应；但如果显示的文字或算式很怪异，那潜意识很快就会发现不对。这个实验结果跟小说中的叙述很相容。小说中自然人长期生活经验积累起来的珍惜动物的潜意识，很容易跟社会情境中涉及死动物的细节相抵触，对此反应速度极快。从这个角度来说，这类科学研究其实已经在默默地为将来的仿生人研究储备技术了。

但为什么要把仿生人设计成有血有肉的人形，这实际上也是一个仔细想想就绕不过去的问题。我们发明制造各种工具，是为了让我们的生活更舒适，工作效率更高；我们做各种科学研究，是为了探求宇宙和生命的奥秘。在这些过程中，当然总会有一些探索行为要触碰这种那种伦理道德体系的边界，遭到当时一些社会势力的反对。然而，科技的进步和社会的演化互相推动，不同时期的人的思想观念会很不同。这个世代的人们普遍不能接受的行为，几个世代以后可能就可以接受了。另外，人类在地球上碰巧成了万物之灵，并不等于人类现有的形状在宇宙中的所有场合都永远是最优的。在殖民火星的年代，为了帮助人们在火星上拓荒谋生而大规模制造人形仿生人，在资源紧缺的情况下实际上很划不来，还不如就造出各种有专门用途的机械或电子设备供人们使用。就算那些设备有一定智慧，能跟人们交流，也不会一下就造成这么急迫的伦理道德难题。在情理上，还是在资源极其富足的时代，才最可能出现大量仿生人，人类社会才真正需要辩论和解决这些道德难题。

书中也对旧时代那些瞎想星际旅行和火星人的科幻小说小小讽刺了一把，这在一定程度上也算是对整个科幻类型的自嘲吧。不管是什么时候写的科幻，总会有局限性。但敢于在当时的知识范畴内大胆想象，去做思维体操，去琢磨日常生活中不会碰到的事情，去穷尽各种可能性，这是科幻的精髓，也正是人类之所以能够不断创新、不断进步前行的原因。